ソーニャ文庫

奈落の恋

山野辺りり

イースト・プレス

contents

プロローグ

「ずっと一緒にいてね」

「勿論。リアナ様の傍(そば)に僕はいるよ」

物心ついた頃には彼が傍にいてくれることが、当たり前だった。

家族ではない。使用人の子どもでもない。

それでも幼い頃から共に学び、食事をし、言ってみれば両親よりもリアナにとって近しい人間だったかもしれない。

さりとて友人と呼ぶには、四つの年の差と性差がしっくりこなかった。もしかしたら彼にとって、自分自身より幼い子の相手をすることは苦痛だった可能性もある。

リアナは常に彼の後を追い、纏(まと)わりつくように甘えていたのだから。その間、優しい彼はただの一度も幼子(おさなご)を邪険に扱うことはなかった。

むしろ宝物のように面倒を見て、いつだって極上の笑顔で迎えてくれた。本音では煩わしいと感じていても不思議はなかったけれど、そんなそぶりを垣間見せたことはない。

彼の瞳には、リアナに対する慈しみのみがあった。

こちらに呼びかけてくる柔らかな声にも、差し出されるまだ小さな手にも、全て溢れんばかりの愛情だけが湛えられていた。

「約束よ。――――あ、そうだ。だったらちゃんと約束の口づけをして！　大人はキスで想いを伝えるって、お母様が言っていたわ」

「それは――――誓いのキスのこと？　それとも……」

仄かに頬を赤らめた彼が、軽く口ごもった。恥ずかしそうに背けられた顔は、どうやら照れているらしい。

けれど、幼いリアナにはその理由がよく分からなかった。

「誓い？　それ何？」

「約束よりももっと切実で、気持ちの込められた『決めごと』だよ」

「そうなの？　じゃあ、リアナもユーウェインと誓う。だから口づけして！」

無垢で、輝かんばかりの、幸福な時間。

だからこそ常に共にいることは、二人にとって言葉にするまでもなく、当然だと認識していた。

少年らしい丸みを残した頬が一層赤く熟れる。忙しく瞬いた青い瞳は羞恥と戸惑いが混在し、魅惑的に輝いていた。彼の麗しく煌めく銀の髪も、リアナが大好きなものだ。

「……それじゃあ、目を閉じて」

「うん？」

言われた通り、素直に瞼を下ろした。

しかし一向に口づけは降りてこない。焦れたリアナが薄目を開けたとき——

「……ぁ」

額に少年の柔らかく温かな唇が触れた。

軽く膝を曲げ重心を落とした彼もまた、瞳を閉じている。だからリアナも、慌てて瞑目し直した。

父や母から与えられる愛情溢れるキスとも、挨拶の口づけとも違う。

自分で要求しておきながら、急に気恥ずかしさが生まれ、しかもそれは鼓動を加速させる。どんどん高まる心音は、リアナを動揺させた。

——ドキドキする……こんなの初めて……でも、すごく嬉しい……

きっとこれから先も一緒。

誰に何かを言うまでもなく、疑問を感じることすらなく、心の底から信じていた。

リアナにとってユーウェインは、己の光であり影。いついかなる時も、傍らにいてくれる存在。

彼が離れてゆくことなど、想像もできない。寄り添ってくれることは、息をするくらい当たり前だと思っていた。

魚は水がないと生きられないように、リアナもユーウェインがいないと生きられない。彼もそうであったなら、どれほど幸福なことだろう。

ユーウェインがリアナの生家であるクラレンス公爵家の騎士になると言ったときもそう。危険な真似をしてほしくないと案じはしたが、『ならばこれからもずっと一緒にいられる』と胸を高鳴らせた。

親族でもない彼が同じ屋敷で、自分と同程度の教育を施され、使用人らからは敬意を払われていることが不思議でなかったと言えば、嘘になる。

しかし箱入り娘で内気なこともあり、狭い世界しか知らなかったリアナは、『そういうものだ』といつしか考えることをやめていた。

今後もユーウェインがいてくれれば、事情や理由などどうでもいい。

この穏やかな時が続いてくれるなら、些末なことなど気にかける価値もない。

故に、彼が自分専任の護衛騎士になってくれた際は、心底嬉しくて、数日まともに眠れなくなるほどだった。

いつからか、リアナはユーウェインに恋をしていたから。

家族でも友人でも使用人でもない曖昧な立場の彼に、初めての恋をした。

それはリアナの世界を彩って、一層輝かせる素敵なもの。

厳しくも優しい両親に、献身的な使用人たち。領地での穏やかな生活。

刺激は少なかったが、不満を感じたことはない。平和で幸福な、満たされた完璧な箱庭。

それがこれから先も壊れることはないのだと愚かにも信じていた。


十六歳の誕生日、自身が王太子妃に内定したと知らされるまでは――

1　籠の中の王妃

　プロッツィア国の王妃リアナは、陳情書に目を通しながらも物思いに耽っていた。

　目の前にはうず高く積まれた書類の束。今日一日で全て確認するには、休憩をとる暇もないだろう。

　だがどれも後回しにはできない案件ばかりだ。そうでなくとも決裁が遅れていて、『これ以上は待てない』と矢のような催促が連日なされていた。

「――王妃様、お疲れでしょう。お茶になさいませんか」

　控えめに声をかけてきた宰相へ視線を向けることもなく、リアナは緩く首を左右に振った。

「私は大丈夫よ。それよりも貴方はきちんと休めているの？　こんなに最終確認の仕事が滞っていたのなら、宰相こそ休みなしで限界でしょう」

今リアナが大急ぎで処理している書類は、本来ならば国王が目を通して玉璽を押すべきものだ。

けれど当の本人は、今日も責務を放棄して自室に籠ったまま出てこない。たまに顔を覗かせたと思えば、馬に乗って護衛を振り切り、好き勝手にどこかへ行ってしまう始末だった。

つまり、王としての責任を果たしているとは到底言えない。

宰相も自身の権限でできる範囲のことは、これまでどうにか担ってきたのだろう。王家への忠誠心が強い、優秀な臣下だ。どんな国王であっても、懸命に支えてきてくれたことはリアナも知っている。しかし限界があった。

代理で王印を押すことは叶わない。期日ギリギリまで粘ってはみたものの、結局主を執務室に連れてくることは不可能だったらしい。

「王妃様のお手を煩わせて、申し訳ございません」

「かまわないわ。貴方がきちんと判断し仕分けてくれたおかげで、もう決裁印を押すだけの状態だもの。私が陛下の代理でできることなら、喜んでするわ」

万が一、国王が病や怪我で政務に当たれなくなった場合、王妃がその代行をするのがプロツィア国の決まりだ。

――今回はその規定に当て嵌まるかどうか、微妙なところだけれど……仕方ないわ。

ロードリック様は真面目に政務をこなすお気持ちが乏(とぼ)しいご様子だし——

リアナが王太子妃に決定したのは三年前、翌年王家に嫁(とつ)いだ。更にその一年後、先王の急死によって、夫であるロードリックは玉座に座った。

勿論、同時にリアナは王妃になったのだが——結婚当初から政務に熱心ではなかった夫は、最近ますます国政に興味を失っている。

ロードリックが意識を向けるのは、自分の趣味や愉快で享楽的なことだけ。

面倒事から逃げ、責務を放棄している。本来ならこんな行状は許されるはずもない。だが彼の背後にいる人間によって、認められているのも同然だった。

先王の正妃、ルクレティア・ヴァン・プロツィア。隣国、エレメンス大国の王女にして絶世の美女と謳われた、ロードリックの実母。

彼女の存在は、プロツィア国で最も大きい。何せ、貿易や文化、医療に資源、あらゆるものがプロツィア国よりも豊かで優れているエレメンス大国からやってきた花嫁故だ。

友好国同士の政略結婚。しかし実際のところは、従属国に等しい。今は辛(かろ)うじて対等の体裁(ていさい)を保っているが、何か事が起これば、たちまちプロツィア国はエレメンス大国に呑み込まれてしまうだろう。

その脅威は、リアナもヒシヒシと感じていた。剛腕ではなかったものの、上手く力のバランスを図(はか)り優れた治世を敷いていた先王が亡(な)くなった今、均衡は崩れつつある。

本来であれば現国王であるロードリックに実権が移るはずが、表向き息子に全てを譲ったように見えて、その実あらゆる権力は今尚ルクレティアが握っていた。

リアナが代理で決裁している案件は、どれも国民にとって大切なものではあるが、『金』と『力』を行使するという意味においては、ごく小さなものでしかない。

言ってみれば些事だ。

例えば橋の架け替えや穀物の備蓄量について。国の中枢にいる人間にとっては、どれも大した問題ではない。いくらそこに暮らす国民にとって死活問題であっても、後回しにしてもかまわないもの。頭を煩わせることすら億劫で、他人任せにできる程度のことだった。

そうロードリックもルクレティアも考えたからこそ放置され、リアナが処理することとなったのだ。

――だけど逆に考えれば、私に回されてきてよかったかもしれないわ……あのままルクレティア様とロードリック様が見向きもしなければ、国民に不自由を強いるところだったもの……

その上あの母息子ならば、貴族や王族の利益にならないことは平気で切り捨てる。最悪、国民らが冬に凍え飢え死にすることが目に見えていても、気に留めず後回しにしたに違いなかった。

――橋の老朽化も深刻ね……ここが通行不能になれば、市井の者たちの不便さは想像して余りあるわ……

新たに橋を架けるとなれば、人の流れや隣国との防衛の面で変化を免れないため、国として難色を示すのも理解できる。

だが今あるものが落ちてしまいそうだから修繕したいという必死な陳情さえも無視するのは、如何なものか。

不誠実、怠慢と罵られても反論の余地はないのではないかと、リアナは嘆息した。

――ただでさえ、ここ最近王家から人心が離れているというのに……

自分は無力だ。

王妃の立場にありながら、これくらいのことしか手を差し伸べられない。

何の権限も持たないのも同然の、形だけの王妃――それがリアナだった。

今年十九歳になったばかりの自分が、経験値も求心力も足らないことは知っている。国を動かす重臣らから見れば、頼りない小娘でしかないことも。

まして先王妃と夫である国王から蔑ろにされている身とあっては――だがそれでも、国を憂うリアナの気持ちは本物だった。

――せめて私は民のために働かなくては。

本当は心細い。時には誰かに寄りかかりたくもなる。傍で支えてくれる人がいたならと夢想しかけ、リアナは微かに首を左右に振った。

自分はこの国の王妃だ。そんなリアナが頼りにすべき人間は、一人でなければならない。夫であるロードリック以外にあってはいけないのだ。

それが仮に、心の中だけだとしても。

王宮内で力を持たないリアナに政敵は多い。国王から寵愛を受けられない王妃を引き摺り降ろし、己の娘を代わりに差し出そうと虎視眈々と狙う輩もいる。

もしもロードリックとの間に子どもがいれば話は違ったかもしれないが、その可能性はこれから先も皆無だった。

正直なところ、眼前にいる宰相すら、どこまで信じていいのか分からない。

右を見ても左を見ても敵ばかり。侍女とて、信用するのは難しい。もしリアナが何か一つ失敗を犯せば、それはすぐさまルクレティアの耳に入る。

そうしてその後どんな目に遭うかは明白だった。

息子であるロードリックを溺愛する先王妃は、リアナに辛く当たる。時には暴力を振るわれることも少なくない。

扇で打たれ、翌日顔を腫らしたことを思い出し、リアナは無意識に頬を摩った。

彼女は王族の義務として息子に妻を娶らせたものの、本心では面白くないのだろう。まして ロードリックは、リアナに一片の関心も抱いたことがなかった。

それどころかまるで汚らわしいものを見る目で忌避するのみ。

国を挙げた結婚式で手を取ったとき以来、指先に触れたこともなかった。これでは、子どもが生まれるはずもないではないか。

リアナは苦笑を滲ませ、次の書類を手に取った。

――私はお飾りの王妃でしかない……

孤独に苛まれながらも、ホッとしている自分から目を逸らす。

結婚して二年。一度も夫と閨を共にしていない。本来ならば焦り、何とか現状を打破しようと奔走するはずだ。

家のため。自分自身の地位を守るために。

けれどリアナはその事実を知る者たちから嘲られていると分かっていながら、何もするつもりはなかった。おそらく今後も。

――だって私は……ロードリック様を愛していない。

あまつさえ、嫌悪している。傍に寄られて怖気が走るのは、何も彼の方だけではないのだ。

それでもかつては使命感に燃えていたこともあった。どんなに嫌でも、『ロードリックに嫁ぎ、王の子を産む』のは誰かがやらねばならないことだ。国のため。民のために、リアナは懸命に自分に言い聞かせ、己の心を欺いた。

しかし虐げられた二年の間に、そんな崇高な思いは消え失せた。

王妃としての役割を果たそうにも、望まれていないなら仕方ない。都合のいい人形になる以外、いったい自分に何ができたのか。

白い結婚契約を結んだわけでもないのに、リアナは未だ純潔を保っている。

滑稽(こっけい)な話だ。一国の王妃が二年もの間、生娘(きむすめ)だとは。どこの世界に処女の王妃がいる。とんだ笑い種ではないか。

けれどだからこそ、隙を見せるわけにはいかない。一瞬たりとも気の抜けない王宮内の生活で、いくら精神を削(けず)られようとも、耐え忍ぶ以外道はなかった。

己の地位や権力に固執しているからではなく——生き残るために。

「——失礼いたします。王妃様に急ぎお伝えしたいことがあります」

ノックの後、かけられた声にリアナは弾(はじ)ける勢いで顔を上げた。

低く落ち着いた男性の美声。一度耳にすれば、忘れられるはずもない。

二年間、冷たい結婚生活を送った夫よりもずっと、聞き慣れたものだった。

「は、入りなさい」

気が急いていると思われないよう普段通りの返事をしたつもりだが、心が浮足立っているのは否めない。

本当なら、立ち上がって彼を出迎えたい気分だった。

「ありがとうございます。執務中のところ、申し訳ありません」

開かれた扉から入ってきたのは、騎士服に身を包んだ長身の男性。年の頃は二十代前半。茶色の髪に青い瞳。鍛え抜かれた体躯は逞しく、均整がとれている。身を包む騎士服は、さながら彼のためだけに誂えられたかのようだった。

けれど目を惹くのはそれだけではない。

芸術品の如く整った顔立ちは、あらゆる女性を虜にしても不思議はなく、初めて対峙すれば、誰でも言葉をなくす。

男性的でありながら優美な容姿。切れ長の瞳を縁取る睫毛は、頬に陰影を落としている。実直さを表す眉は理想的な弧を描き、通った鼻筋と形のいい唇が知性を漂わせていた。

全てのパーツがあるべきところに収まって、きっとこれ以上完成された美はないだろう。だが華やかというよりも、生真面目な表情が彼を不思議と地味に見せていた。

「いいのよ、ユーウェイン。何かあったのかしら？」

「はい、それが――」

彼がちらりと視線を宰相に向けた。

普段堅実で忠実なユーウェインが、リアナの時間を邪魔することはない。それだけ火急の用事であることは間違いなかった。

そのことは宰相にも察せられたらしく、壮年の男は深々と頭を下げ、退室してゆく。同時に控えていた侍女らも部屋を出て行き、恭しく扉が閉じられた。

通常、王妃と若い男性を密室で二人きりにするなど考えられない。万が一、間違いが起こらないとも限らないからだ。

しかしユーウェインに限っては、そんな常識や心配は無用だった。

彼は、生まれた時からリアナの傍にいる。共に学び成長し、片時も離れることなく。それは、リアナが王家に嫁いでからも変わらなかった。

生家から同行させる許可を求めたのはユーウェインだけだ。他には何一つリアナは望まなかった。

幼い頃から慕った乳母も、長年仕えてくれた気心の知れた使用人も。誰も連れて行きたいとは望まないから、ユーウェインだけは引き離してくれるなと父に泣いて懇願した。

その願いを叶えてくれたなら、黙って王家に嫁ぐと誓って――

――それ以外、私にできることは何もなかった……

リアナの名前が王妃候補に挙がっていると自分の口でユーウェインに告げたのは、ひょっとしたら引き留めてくれるのではないかという淡い期待があったからだ。

せめて嫉妬を垣間見せてくれたなら。もしくは傷ついたそぶりだけでもよかった。ほんの少しでも、ユーウェインの気持ちがこちらに向けられていると知ることができれば、リアナは別の道を模索したかもしれない。

だが実際には、彼はいつも通り冷静なまま『おめでとうございます』と告げてくれただけ。微かに双眸を見開いたこと――それがユーウェインの自分に対する想いを図る全てだった。

　いくら大事にされていても、一人の女として愛されているわけではない。甘い夢は覚め、リアナの恋心は伝えられる機会を永遠に失った。

　ならばせめて主従関係でも傍にいてほしい。そんな一心で、王宮へユーウェインの同行を父に頼み込んだ。

　最悪ユーウェイン自身から断られる可能性もあったけれど――彼は二つ返事で快諾してくれた。そのことが、どれだけ嬉しかったことか。『リアナ様のお近くで生きられることこそ、私の喜びです。他に望むことはありません』という言葉は今も忘れられない。きっと、この先も一生。

　ユーウェインにとって、最も優先される存在でいられるなら恋愛感情でなくてもいいと、リアナが己に言い聞かせたのは、誰にも明かせない秘密だ。

　あれから三年。

　リアナとロードリックの婚姻を決めたのは、先王妃ルクレティアだと聞く。彼女の強い希望により、この縁談は纏まったものだった。

　父は公爵家の主でありながら、もともと権力欲は小さく学者肌で、母も華美な生活や華やかな場所を好む人ではない。

かつては貴族社会の中枢にいたそうだが、二人とも娘を王妃にする野心を抱いてはおらず、妃選びの夜会にすらリアナを出席させていなかった。

それがどういった経緯で、リアナが王太子妃に定められたのか――

――最初はルクレティア様が私を見初めたという話だったけれど、そんなはずはない。あの方は私を疎んでいる。きっと、家柄が釣り合って、かつ邪魔にならないお飾りの『息子の妻』が必要だっただけ――

そもそも領地から滅多に出ず、王都にも数えるほどしか足を運ばなかったリアナを、いつどこで誰が見初められるのか。

全ては蔑ろに扱える都合が良い『お人形』として、リアナに白羽の矢が立っただけなのだと思った。

――今は亡き前国王様の命令で、ロードリック様を結婚させなければならなかったから……

息苦しい思考を瞬き一つで振り払い、リアナは眼前のユーウェインに視線を据えた。

その瞬間、先ほどから伸しかかっていた重苦しい圧迫感が軽くなる。

瞳を伏せた青年は姿勢よく腰を折り、優雅な仕草で顔を上げた。

――あぁ……

視線が絡む。一呼吸分にもならない刹那のうちに、鼓動が大きく脈打った。冷えていた全身に熱が灯る。

吸い寄せられるように見つめたくなる眼差しを、リアナは渾身の力で戒めなければならなかった。

——貴方が近くにいてくれるときだけ、私は楽に息ができる気がする……

彼の存在は、一時も油断できないこの王宮内で、オアシスに等しい。

ユーウェインと共に過ごす短い時間のために、リアナは懸命に生きていると言っても過言ではなかった。

「どうしたの？　ユーウェイン」

ただ名前を口にしただけで、舌が蕩けそうになる。

表情を引き締めねばと思うのに、どうしても頬や口元が綻んでしまった。

「はい。申し上げにくいのですが、実は——」

「……ロードリック様が、また一人で王宮を抜け出されたの？」

言い淀む彼の様子に、リアナは嘆息を漏らした。

無駄なことをしないユーウェインが報告を躊躇うとしたら、それくらいしか内容が思いつかない。そしてリアナの勘は、まんまと当たっていたらしい。

「——はい。先ほど、不在であるのを侍従が把握したそうです。陛下の愛馬も消えておりました」

「そう……本日は頭痛がするからとお部屋に籠られていたのに……馬に乗れるほど元気になられたのね」

つい嫌味な言い方をしてしまった自覚はあった。だがごまかす気にも取り繕うつもりにもなれない。

どうせ今この部屋の中にいるのはユーウェインだけだ。

リアナが唯一、弱音をこぼしても許し受け止めてくれる彼しか聞いていない。

俯いたまま唇を震わせていると、ほんの少しリアナに影が差した。気配と物音で、彼が半歩近づいてくれたのだと知る。

だがそれだけだった。

これ以上はユーウェインから接近されることはない。適切な距離を彼が越えてくることは絶対にあり得なかった。

出過ぎた言葉をかけることは勿論、触れることも。

互いに手を伸ばせば触れ合える近さにいながら、リアナとユーウェインはまるで同じ磁極の磁石同士のようにある一定の距離を保っている。

かつては気軽に、何も気負うことなく触れ合ったものだが、リアナが王太子妃に選ばれて以来、接触することはなくなった。

他者の妻になることが決まった女に、それも王家の一員になる令嬢に軽々しく触れれば罪に問われかねないのだから、これは至極当然のことだ。

無粋な詮索をされないためにも、常識的な振る舞いと言えた。

だが大きな侘しさを感じ、リアナは人知れず息を吐く。

――私が触れてほしいのは、ロードリック様じゃない。他の誰でもなく、ユーウェインだけ……

勿論、こんなことは絶対に誰にも言えない。もしも口にすれば、リアナだけでなく相手の首が飛びかねなかった。故に、永遠に秘密だ。

胸に秘めているだけでも罪になる想いを糊塗し、リアナは殊更ゆっくり顔を上げた。

「面白いと思わない？　ロードリック様は極度の潔癖症で他人に――特に女性に触れることができないのに、馬は平気だなんて。――私は……それほどまでに汚らわしく陛下の目に映っているのかしら……？」

自分で言っていて、胸が軋む。

夫を愛していなくても、こうもあからさまに行動で示されると泣きたい心地になった。

「――今はまだ、お二人のお気持ちが通じ合っていないだけです。いずれは、王妃様の素晴らしいお人柄が陛下にも伝わるでしょう。そうすれば陛下のお心も解れ、より良い関係を築けるものと、確信しております」

通りの良い声ではきはきと告げられ、リアナは眩暈を覚えた。

ユーウェインの立場であれば、そう言うしかないのは分かっている。彼は誠実で忠実なリアナの護衛騎士だ。

本心から励ましてくれているつもりなのだろう。

だがユーウェインの口からは決して聞きたくない台詞だった。

――貴方は、私とロードリック様がきちんと夫婦になることを願っているのね……

彼は、リアナを女として愛してくれているわけではない。こうして傍にいてくれても、あくまでも『守るべき対象』と見てくれているだけ。

そのことを突きつけられた気分で、リアナは睫毛を震わせた。

分かっていたはずなのに、胸が痛い。全身がバラバラになってしまいそうなほど苦しくてたまらなかった。

しかし態度には出せず、執務机の下で拳を握り締める。

ユーウェインはリアナの輿入れに際し、護衛騎士として共に王宮まで付いて来てくれたが、それは恋や愛が理由ではない。

世話になった家の娘に対する恩義、または共に育った妹同然の少女に対する心配――その程度の感慨が根底にあっただけだ。

傍にはいてくれても、リアナと気持ちは重ならない。

決して同じ感情を抱いているのではないと――痛切に実感した。

「そう、ね。きっと時間が解決してくれるわ……」

「はい。王妃様を深く知れば、愛さずにはいられないに決まっています」

――だったら貴方は？

言いたい言葉は強引に喉奥へ戻した。

昔はもっと砕けたしゃべり方と態度で接してくれたのに、今はこんなにも遠い。心理的な距離を感じ、悲しくなった。

けれど仕方のないことだ。今の自分たちはかつての曖昧な関係とは違う。

家族のような友人のような――一緒にいるのが当たり前だった幼い時分とは隔たってしまった。

王妃と護衛騎士。対等であるはずもなく、今後縮まることもあり得なかった。

「――陛下はいつ頃お帰りになられるかしら……」

「馬番の話では、出かけられてからさほど時間は立っていないだろうとのことです。夕刻までには戻られると思いますが――」

「……天気が崩れそうだから、心配だわ」

リアナは口先だけで案じて、本音は胸の奥に留めた。

本当は、夫が同じ王宮の中にいない事実に安堵している。僅かに深く吸った空気が、清々しく感じられるのが、その証拠。

自分は薄情な女だと自嘲しつつ、事実なのだからしょうがない。

囚われの身も同然なリアナはここから逃げることも叶わないから、せめてもの反抗なのかもしれなかった。

夫と義母から蔑ろにされ、一部の臣下からも侮られて。形ばかりの王妃の座を必死になって守っている。

本当は、今すぐにでも逃げてしまいたかったが、それはリアナだけでなくクラレンス公爵家の命運にも関わることだ。

――私は永遠に籠の鳥……

執務室の窓から景色を眺める。どんよりとした灰色の雲は、まるでリアナ自身の胸中そのものだと思った。

「――王妃様」

主の沈んだ気持ちを察したように、ユーウェインの抑えた声がかけられる。彼はいつもこうして絶妙なタイミングでリアナへ呼びかけてくれた。

悲しい時にも、寂しい時にも。

しかし『リアナ様』と名前を呼んでくれなくなった瞬間から、細やかな気配りに諸手を挙げて喜ぶことができない。

ユーウェインに、あくまでも主従の関係を崩すつもりはないと知らしめられるせいだ。

――昔のように、頭を撫でてほしい……王妃様ではなく名前を呼んでくれたら――叶わぬ願いは、重く冷たい石になる。心の中に積み重なって、いつかリアナはその重量で動けなくなる予感がした。

――馬鹿ね。王太子妃に選ばれた時点で、捨てた願いなのに……

かつてこの心を占めていた溢れんばかりの恋心は、既に封印した。そのはずなのに、疼く想いの残骸が今もリアナが生きる原動力なのは、滑稽な皮肉でしかない。

「……髪、そろそろ染めた方がいいのではなくて？　生え際が少し、見えているわ」

今の彼は珍しくない茶色の髪をしているけれど、本来は息を呑むほど美しい銀髪だ。艶やかで高貴なその輝きは、見る者を魅了する。

リアナも、例外ではなかった。

幼い当時は、あまりの美しさに四六時中触りたがっていた記憶がある。その都度、ユーウェインはリアナの好きなようにさせてくれた。

だがリアナの護衛騎士として王宮へと付き従うことが決まり、急遽髪を染めることとなったのだ。全ては、父の一言によって。

『ユーウェインの髪色はとても珍しい。いらぬ注目を集めてしまうかもしれないね。そうすると、煩わしい詮索をされかねない。あそこは隙を見せればたちまち食いつかれる場所だ。影たる護衛が目立っても、何もいいことはない――』

今でこそ半ば隠居している父とはいえ、過去には権力の中枢で辣腕を揮っていたこともあると聞く。

そんな父の助言は重く、ユーウェインも思うところがあったらしい。

結局、翌日には彼は地味で平凡な茶色へと、髪色を変えていた。以来ずっと、律義に染め続けている。

「失礼いたしました、お見苦しいものを……本日中に染め直しておきます」

「あ……」

本当に言いたいのは、こんなことではない。

申し訳なさげに頭を下げたユーウェインを見遣って、リアナは会話の接ぎ穂を探した。

早く、何か話題を提供しなければ。でないと彼が部屋を出て行ってしまう。良識あるユーウェインが、いつまでも自分と二人きりでいてくれないことは重々分かっていた。報告を終えてしまえば、何の逡巡もなく踵を返してしまうだろうことも。

だからこそ、実際にはたいして気にもならない髪色について、言及したのだ。

「み、見苦しくなんてないわ。私は――貴方の本物の髪の色の方が、好きだもの」

「ありがとうございます。世辞であっても、嬉しいです」

「お世辞なんかじゃないわ……」

心の底からの本音だ。

あらゆることを偽りで塗り固めないと生きられない王宮での、数少ない真実。

リアナは、ユーウェインの麗しい銀の髪が好きだ。

だがもっと好きなのは、彼自身。しかしそれだけは、口にしてはならない秘密だった。

「――好きよ。誰よりも綺麗で、ずっと見ていたくなる……」

髪色に言及していると思わせて、精一杯の気持ちを伝えた。これがリアナの限界。日々壊れてしまいそうな心を奮い立たせる、数少ない方法の一つだった。

「私も――王妃様の髪色が、この世で一番お美しいと思っています。柔らかい金色の髪と、若草色の瞳――それが、私の最も好きな色彩です」

「……っ」

ただ単に髪と瞳の色を褒められただけ。これこそ世辞だろう。けれどだとしても、リアナは舞い上がるほど嬉しかった。

――ああこれで……まだしばらくは頑張れる……

小さな喜びの欠片を拾い集め、前を向く勇気を得る。既に絞り尽くしてカラカラになった心に、慈雨が降り注ぐ心地がした。

リアナの頭にはもう、夫であるロードリックのことなど思い浮かばず、視線が絡むこともないユーウェインのことで満たされてしまう。気配を探り、同じ空間にいられる時間を堪能した。

「では、私はこれで――」

「……ええ」

待ってと引き留められたらどんなに良かっただろう。名残惜しさに、たった一言でも声が震える。

リアナが無理やり笑みを張り付けようとしたとき――

「し、失礼いたします、王妃様っ」

いつになく焦った風情で、先ほど退出した宰相が室内に入ってきた。

ノックもせず、無礼な振る舞いは彼らしくない。だが蒼白の顔色と縺れる足どりにリアナは異変を感じ取り、窘める気にはならなかった。

「どうしたの？」

「そ、それが……陛下が、ロードリック様が……！」

「外出されたことは耳に入っています。天気が崩れそうなので、お迎えを出した方がいいかしら？」

どこへ遊びに行ったかは知らないけれど――という言葉は口にせず、あえて平板な声でリアナは宰相を落ち着かせようとした。

別にロードリックが王宮を抜け出すのは珍しいことではない。王が護衛もろくにつけずフラフラと出歩いているのは望ましくないものの、結婚してから二年も経てばいい加減慣れた。

リアナも当初は焦り捜索させようとしたが、今はもう放っておいた方がいいと学習している。下手に騒ぎ立てれば、その後当の本人である夫からどんな罵倒をされるか分かったものではないからだ。

どうせ思う存分一人で過ごせば、そのうち戻ってくるだろう。王宮は息が詰まると言いながら。

――その閉塞感がある王宮に代わりに閉じこめられたのが、私……全く笑えない冗談ね……

「そんな悠長なことをおっしゃっている場合ではありません！　陛下が……っ、落馬され大怪我を負ったそうです……！」

「え……？」

予想していたこととまるで違うことを告げられ、リアナは一瞬思考が停止した。頭の中が真っ白になって、たった今聞いた言葉が上手く咀嚼できない。

どこかぼんやりしたまま、宰相の顔をじっと見つめた。

「今、何と言いましたか？」

「ですから、陛下が意識不明の状態になられたそうです……！　あ、あまり動かすことができないので、ひとまず一番近くの別邸に運び込まれたと……」

どうやら夫は、お気に入りの場所である自分のためだけに建てられた別邸へ向かっていたらしい。その途中、事故に遭ったとのことだった。

「何てこと……」

辛うじて絞り出せた台詞はそれだけ。

後はもう、驚きと衝撃でリアナは何も思いつかなかった。

しかしどうにか気持ちを立て直し、必死に頭を働かせる。

怪我を負った、とはどの程度なのか。医師を派遣するにしても、傷の具合によってはもっと設備の整った場所へ移すのが先かもしれない。

けれど大騒ぎした結果、さほどの事態でなかったとしたら、また酷い目に遭わされかねないではないか。

見舞いはするべきか。今すぐ駆けつけて、リアナが采配を振るった方がいいのかどうか――けれど。

――そもそも、私はあの別邸への立ち入りを許されていない……。

どう判断すればいいのか惑い、視線ばかり泳がせた。

即座に指示を飛ばせないリアナに焦れたのか、宰相がもどかしげに首を左右に振る。

「王妃様、しっかりなさってください」

「え、ええ。ルクレティア様にはお伝えしたの……？」

「いいえ、まだです。先王妃様は現在、エレメンス大国へ建国三百年を祝う式典のために戻られています。今すぐ早馬を飛ばしても、お戻りになられるにはひと月以上かかるでしょう。それに祝祭の最中、このような事態をお知らせするのは……」

「あ……ああ、そうだったわね……」

式典が行われるのは、まだ先だ。その後もルクレティアはしばらく戻らない予定になっているはず。

――では、全て私が判断しなければならないのね……

グラグラと眩暈がする。立ちあがった刹那、力の入らない脚がよろめいた。

「――危ないっ」

助けてくれたのは、ユーウェイン。

騎士として鍛え上げられた腕は、揺らぐことなく逞しい。傾ぐリアナの身体を、危なげなく支えてくれた。

「王妃様、お気を確かに。陛下はきっとご無事のはずです」

「ユーウェイン……」

今自分が動揺しているのは、夫の身を案じているからだと言い切れないリアナは喘ぐように息を継いだ。

勿論、心配していないとは言わない。怪我の程度は深刻なのか、気を揉んでいる。今、ロードリックを喪(うしな)うわけにはいかないのだ。

何せ自分たちの間には、後継者がいないのだから。

このままでは玉座を巡る争いが勃発してしまう。そうなれば、後ろ盾のないリアナが無事でいられる保証はなかった。

――ああ私……ロードリック様のことよりも結局は自分やクラレンス公爵家のことを考えている……

何て醜(みにく)く浅ましい女だろう。夫が大変なときに我が身の保身ばかりなんて。

自己嫌悪で、リアナの顔が歪(ゆが)んだ。しかしそれを見てユーウェインはどう思ったのか、痛ましいものへ向ける眼差しを注いできた。

「ご安心ください。王妃様は何があっても――私が守ります」

「……ユーウェイン……」

心が歓喜で満たされる。そんな場合ではないのに。

だが心を完璧に制御するのは難しく、リアナにできたのは、せめて表情に出さないことだけだった。

倒れそうになる身体に添えられた掌(てのひら)が熱い。ドレス越しでも、燃えるような熱が沁(し)み込んできた。ドキドキと鼓動が高鳴って、胸が苦しくてたまらない。

乱れた呼気(こき)は、おそらく濡れていたと思う。

「……無様なところを見せて、ごめんなさい……もう、大丈夫よ」

叶うなら、ずっと彼と触れていたかった。けれどこの部屋には宰相もいる。おかしな疑惑を持たれないためにも、リアナは毅然として背筋を伸ばした。

「――まずは詳しい話を聞きましょう」

「は、はい。どうやら道中で馬が暴れたそうです。目撃者の話によると、叢から飛び出した野犬に驚いたのではないかと――」

ろくに供もつけていなかったことが災いして、すぐに適切な応急処置が受けられなかったそうだ。

目撃した者も、まさか相手が国王だとは思わなかったに違いない。それでもロードリックの身なりから高貴な身分だと察し、大慌てで近くの医師を呼びに行ってくれたらしい。

そしてその医師が、ロードリックの素性に気づき、王宮へ連絡を寄越したとのことだった。

「……その方々には、充分な褒美を与えてください。それから――口止めも」

「かしこまりました、王妃様」

一国の王が落馬で大怪我を負ったとは、あまりにも外聞が悪い。それに、この機に乗じて、よからぬ謀を巡らせる者が現れるかもしれなかった。

ここは、油断すれば喉元に食らいつかれる牢獄と同じ。

警戒をするに越したことはなく、リアナは深く頷いた。

「それで、医師は何と?」

「頭を打っているらしく、意識がないそうです。王医にも診断させるため、現在向かわせております」

「分かりました。では王医の報告は直接私が聞きましょう……」

怖い。本音は誰かに泣き縋ってしまいたいほど。その望む誰かは、リアナにとってたった一人だ。

けれど支えてくれる腕の中に戻ることはできなかった。

「陛下に、お会いすることはできるのかしら?」

「別邸に王妃様が行かれるのは得策ではありません。普段そのようなことがない分、何かあったと喧伝するようなものです。ここは報告をお待ちになった方がよろしいかと」

「そう……宰相がそう言うのなら――」

リアナとロードリックの不仲は、王宮内でも知れ渡っている。

いつもと違う行動をすれば、その分異変を悟られる結果になるだろう。巡り廻って、ルクレティアの耳にも入るはず。今はまだ、彼女にこの事実は伏せておくべきだとリアナは本能的に思った。

おそらく口には出さずとも宰相も同じ考えだと思われる。

息子を溺愛する先王妃が知れば、いったいどんなことが巻き起こるのか――考えただけでもゾッとした。

ロードリック付きの侍従や侍女らは、全員首を刎ねられるに違いない。失職するという意味ではなく、文字通り胴と頭が分かたれるという意味だ。

当然リアナも何某かの被害を受けるはず。ひょっとしたら、無関係の者たちもルクレティアの怒りによって罰を受ける可能性があった。

――無用な犠牲者を出すわけにはいかないわ……

自分のもとで事態を収拾できるなら、それが一番望ましい。

「ルクレティア様がお戻りになるのはいつだったかしら？」

「予定では三ヶ月後です」

ならば、その間に可能な限り取り繕わなくては。

リアナは拳を握り締め、怖気づく心を叱咤した。

「陛下の容体は、全身を強打されており、内臓も損傷しています。何より、首の骨が折れているのが重傷です。仮に意識を取り戻されたとして、これまで通りの生活に戻れる保証はありません」

重々しく事実を告げる王医の言葉に、リアナは全身の血が下がってゆくのを感じた。

覚悟はしていたつもりだが、想定よりも事態はずっと悪い。

決してこちらを見ようとしない老医師は、言葉にせずとも『回復の見込みはない』と遠回しに滲ませていた。

「――何か、治療法はないのですか」

「……お身体の傷は癒（いや）せるかもしれません。しかし意識が回復されない限りは――いずれ同じことでしょう」

つまり、ロードリックはもう長くないということだ。

遅かれ早かれ結果は変わらないと、この国一番の医師が診断を下した。

人払いした部屋の中、重苦しい沈黙がのしかかる。

今この場にいるのは、リアナと医師、宰相、それに唯一信頼できるユーウェインだけだった。

誰も、何も発せない。

夕刻が迫る中、茜色（あかねいろ）の光が忍び込むだけ。影が濃くなった室内は、息苦しさに支配されていた。

「だとしても――最善を尽くしなさい。あらゆる手を使ってでも、陛下をお助けするのです」

「勿論です、王妃様！　ですが心の準備だけはなさってください」

何を準備せよというのか。失笑が漏れそうになり、リアナは唇を引き結んだ。

心が千々に乱れ、狼狽している。

そのくせ胸中が空っぽになったかのように虚しくもあった。

何度掻き消そうとしても、とある思いが浮かんでくる。それは今考えるべきことではないにも拘らず――

――ロードリック様が亡くなられたら、私やクラレンス公爵家はどうなってしまうのかしら……

夫の死の責任を取らせられるかもしれないと思うのは、考えすぎか。

いや、ルクレティアならば我が子を亡くした悲しみと憤りの矛先を求めずにはいられないだろう。その対象がリアナになることは想像に難くない。

だとしたら、最悪の想定もしておくべきだ。

――国の一大事に、とんだ薄情者ね。いくらごまかしても、私はロードリック様を愛していない……

仮にも夫に対して、冷淡な女だ。それでも、国を混乱させることだけは避けたかった。

何度も頭を下げながら退出する王医を見送って、室内に残されたのは三人。

リアナは深く長い溜め息をこぼした。

「――もしもこのままロードリック様が身罷られたとしたら、どんな事態が考え得るかしら？」

「……ルクレティア様により粛清の嵐が吹き荒れるでしょう。それだけでなく次の王位を巡って争いが勃発します。名乗りを上げるとすれば、先王様の甥であるボードン侯爵様、陛下の従兄弟であられるダレル卿などが筆頭でしょうか。王妃様の父上であるクラレンス公爵様は、おそらく加わらないでしょうが――周囲が騒がしくなることは間違いありません」

父も無関係を決め込むのは難しいだろう。クラレンス公爵家は、遡れば王家の流れを汲み、かつては王女が降嫁したこともある。

――穏やかに暮らしていらっしゃるお父様に迷惑はかけたくない……それに万が一戦争が起きれば、困るのは国民だわ……

「王妃様、それだけではなく、これを機にエレメンス大国も支配を強めてくるでしょう」

「そんな……」

リアナは愕然としたが、何もせず手をこまねいていれば、最悪の未来は現実のものとなる。全てはロードリックの容体が回復することにかかっているものの――それは奇跡に等しいと認めざるを得なかった。

「……どうしたらいいの……」

自分たちの間に子どもさえいれば、こうも悩まずにすんだのに。だが今更嘆いてもどうにもならなかった。己の腹の中には、赤子が宿っている可能性すら全くないのだ。

――いっそ、早急に後継者を指名してしまう？

ボードン侯爵もダレル卿も、国王に相応しい人物とは言えなかった。

どちらも権力欲が強く、酒や金に溺れ、女癖も悪い。好ましくない噂には事欠かないが、国民からの評判も最低だ。更に度を越した放蕩のせいで、子種がないとも聞く。

ならば王家の傍流の中から、マシな人物を選んだ方がいいのではないか。

――でもルクレティア様が納得されるはずがないわ……

下手をしたら、怒りの焔に油を注いでしまうかもしれない。

その上、彼女が次の王の指名権を握れば、宰相が言うようにエレメンス大国の干渉がより強まる恐れもあるのでは。

――考えられないことではないわ……かの国から王族を招くと言われたら、プロツィア国は完全に属国になってしまう……

この国を混乱に陥れるわけにはいかない。それだけは絶対に回避しなければ。

だが王妃でありながら、リアナは無力だ。何もできない。

自身の命すら危うい現状では、考えるほど袋小路に迷い込んでゆく心地がした。

「……王妃様、陛下は必ずよくなられます」

ユーウェインがリアナを励ますつもりなのか、そっと呟いた。けれど、欲しいのはそんな言葉ではない。

――貴方はこんなときにも、忠実な護衛騎士なのね……

それが彼の職務だと理解していても、恨めしく感じてしまう心はどうにもならなかった。文句を言う権利はリアナにはないのに。

ユーウェインは己の責務を果たそうとしてくれているだけだ。昔からそうだったではないか。いついかなる時も、彼はリアナの傍にいて支えてくれる。

それが父に求められた『役割』故に――

「……王妃様、時間はまだあります。私も何か打開策がないか、よく考えてみます。秘密裏に、腕のいい医師を探してみましょう。今日のところは、ゆっくりお休みください。混乱し疲れていては、判断力も鈍ってしまいます」

「宰相……」

長く国の中枢にいる宰相ならば、リアナには思いもよらない妙案が導き出せるかもしれない。他国との繋がりもあるはず。

僅かながら落ち着きを取り戻し、リアナは深く嘆息した。

「……そう、ね。陛下が目を覚まされる可能性も皆無ではありませんもの」

「ええ、その通りです。諦めるのは早すぎます。陛下さえ目覚めてくだされば、まだ希望はあります」

――けれど、私は本当にロードリック様の回復を望んでいるのかしら？

黒々とした思いがリアナの中で首を擡(もた)げ、慌てて打ち消した。

何を馬鹿なことを。

誰がどう考えても、プロツィア国のためを思うなら、ロードリックが無事生還してくれた方がいい。疑う余地もない、最も望ましい展開だ。

それなのに一瞬でも恐ろしいことを考えてしまった自分に、リアナは恐れを抱いた。

動揺のせいで、心が脆(もろ)くなっている。これ以上下手に口を開けば、愚かな本音が漏れてしまいかねない。自制心が揺らぎ、危険だと戦慄(わなな)いた。

「――明日、改めて宰相の考えを聞かせてください。私も……できる限りのことをします」

もっとも、リアナにできるのは神に祈る程度だ。それすらおぼつかない予感からは目を逸らし、退出してゆく宰相の背をぼんやりと眺めた。

ユーウェインと二人きりになり、室内に静寂が落ちる。

彼はリアナの斜め後ろに立ったまま、一言も発さなかった。しかし鮮烈な存在感を、リアナは肌で感じ取ってしまう。

微かな衣擦(きぬず)れの音さえ聞こえないのは、ユーウェインが直立不動のまま身じろぎ一つしない。

　それでいて、リアナに何かあれば、すぐさま助けられるよう周囲への警戒を怠ってはいないからだろう。振り返らなくても分かる。

　おそらく彼は惚れ惚れするほど姿勢よく、背筋を伸ばして立っているはずだ。

　忠実で実直な、リアナだけの護衛騎士。

　誰よりも頼りになる、心から信頼する人。

　寄る辺ない心許なさが、リアナの背中を押した。

「……ユーウェイン、少しだけ私と話をしない……？」

　普段なら彼と雑談に興じることはない。あまりにも親密に接していると、よからぬ噂が立ちかねないせいだ。傍にいるためにも、リアナとユーウェインは一定の距離を保つことが不可欠だった。

　ロードリックと結婚して二年。その間、必要最低限の会話しかユーウェインとは交わしていない。こんなにも傍にいながら、互いの気配を探るだけの日々だった。

「……王妃様」

　咎めるようであり、戸惑っているようにも聞こえる声が返される。

　しかし彼が迷ったのはほんの数秒。ユーウェインはすぐにリアナの横へ移動し、床に片膝をついてくれた。

「――お心を強くお持ちください」

　臣下としての眼差しが、じっとこちらに注がれる。その誠実でありながら冷静な瞳に、失望を覚えたことは秘密だ。

　――貴方にとって、私はあくまでも『護衛対象の王妃』でしかないのね……

　それでも、こうして至近距離で見つめ合えたのは久しぶりだ。しっかりと絡む視線に、体内が騒めくほどの喜びが湧き上がった。

「……昔のことを、覚えている？　私が落ち込んでいると貴方はいつも頭を撫でてくれた。お父様の大人の手よりも少し小さい、けれど私から見れば、充分大きな掌で……私、あの感触が心から好きだった。とても安心するんだもの……」

　遠回しにかつてと同じことをしてほしいと強請る。だが彼は困ったように眉を寄せただけだった。

「畏れ多いことです。当時は幼く、まだものの道理や常識を知らなすぎました」

　ユーウェインの右手は、立てた右膝の上から動くことはない。左手は、行儀よく身体の脇に下ろされたまま。

　落胆した気持ちを押し隠し、リアナはそっと瞼を伏せた。

「……あの頃は幸せだったわ」

「これから先も、大いなる幸福が必ず王妃様に降り注ぎます」

優しくて残酷な励ましには答えず、リアナは曖昧に口角を上げた。

笑顔に見えていればいい。引き攣った顔だと思われていないことだけを願い、震えそうになる拳を強く握り締めた。

「……ずっと私の傍にいてね、ユーウェイン」

「誓います。王妃様の傍を離れることは決してありません。命に代えても、私がお守りします」

この先訪れる嵐を予感しているのか、力強く彼が頷いた。

リアナにとっては喉から手が出るほど欲しい回答ではないけれど、それでも疼く想いが刺激される。愛しさが溢れてしまわないよう、己を律しなければならないほどに。

「手を……とってはくれないの？」

騎士の忠誠を示すならば、貴婦人に対する行為として手の甲にキスをするのはごく自然なことだ。

だからこの要求は節度を保ったもののはず。特別奇異なことではない。

リアナは許される範囲を逸脱しないよう、慎重にユーウェインを見つめた。

「……喜んで」

彼の双眸が揺れたと感じたのは、リアナの願望でしかないのかもしれない。けれど欠片でも動揺してくれたなら、いいと願う。

それがどんな種類のものであれ、何の感情も抱かれていないより、ずっとマシだ。

――私が貴方の『特別』になれないとしても……永遠にこの気持ちを打ち明ける気はないから、どうか想い続けることだけは許してほしい……

重ねられた右手が、燃えそうなほど熱い。

触れ合った肌から、融けてしまうのではないかと危ぶんだ。

息が乱れ、額に汗が滲む。鼓動が暴れ、心音が響かないのが不思議なほど。

日が落ちかけた室内は薄闇に沈んでいる。

陰影が刻まれた密室で、リアナは己の手の甲にユーウェインの唇が落とされるのを、じっと見守った。

――ああ……

何と甘美で罪深い一瞬だろう。いっそこのまま時が止まればいい。

夢見心地で吐き出した呼気は、濡れた艶を帯びていた。

彼の唇がリアナの白い肌を慰撫する。存外に柔らかな感触はゾクゾクする愉悦を運んできた。視覚からも官能を注がれて、頬が上気するのを感じる。

自分が興奮しているのだと、リアナの正直な身体が告げていた。

かつて子どもの頃、額に贈られた『誓いのキス』と似て非なるもの。あのときと明らかに変わったのは、己の想いの深さかもしれなかった。

「――生涯、私は王妃様の僕(しもべ)です。お傍に置いてくださいませ」

喉が干上がる。離れてくれるなと叫びそうになって、リアナは込み上げる涙を瞬きで散らした。

理性を総動員し、ユーウェインの胸に飛び込みたい衝動と戦う。

子どもの頃は何も考えることなく、当たり前にできた行為が今はあまりにも遠い。

一緒にいたいなら、引かれた一線を越えてはならなかった。

愛しているからこそ、言えない。できない。こうして騎士の忠誠を希(こいねが)うのが精一杯。

告げられない想いを瞳にのせることが、リアナに許された全てだった。それすら、彼がこちらを見ていないときにだけ、ひっそりと。

「ええ……私がこの王宮内で心を許せるのは、貴方だけ……」

ユーウェインがいてくれなかったら、おそらく自分は生きていない。とっくの昔に押し潰されて、心を壊していただろう。

――貴方に愛されたいなんて、贅沢(ぜいたく)は言わない。だから、これからもずっと――

駆け足で沈んでゆく太陽が、遠く山の稜線(りょうせん)に姿を隠した。そろそろランプに明かりを灯してもらわねば、何も見えなくなってしまう。

それでも、リアナは動く気にも扉の向こうに控えているだろう侍女に声をかける気にも、なれなかった。

束の間得た、二人きりの時間を邪魔されたくない。

あともう少し。ほんの暫くだけ。一秒でも引き延ばしたくて、呼吸すらゆっくりになる。

生真面目な彼は、リアナが許しを与えねば、立ちあがることは勿論、視線をあげることもしないに違いない。いつまでも愚直に首を垂れたまま――

――え……？

てっきりピクリとも動かないと思っていたユーウェインが、不意に顔を上げた。見つめていたリアナの視線と正面からかち合い、狼狽したのはこちらの方だ。彼は微塵も表情を変えることなく、更に目を逸らすこともなく、下からまっすぐリアナを射貫いてきた。

――どうして……？

本心では望んでいたはずのことなのに、突然の事態に動揺が抑えられない。これまで一度もこんなことはなかった。

常にユーウェインは清く正しく、リアナがもどかしくなるほど立場の差を弁えていたではないか。

だが自分の方から目線を泳がせることもできず、リアナも彼を見つめ続けた。

時間にして僅か数秒。しかし永遠にも感じられるもの。

痛いほど鼓動が脈打ち、握られたままだった手には汗が滲んだ。

熱い。まるで火傷してしまいそう。

想定外のことに焦ったせいか、リアナは咄嗟にユーウェインの手から己の手を引き抜いた。

「……っ、あ、ご、ごめんなさい」

「――何故、王妃様が謝られるのですか？」

いつも通り、落ち着き払った彼の様子からは、先ほど抱いた違和感は欠片もなかった。

逆に、全ては夢だったのかと訝るほど。

久しぶりの触れ合いに浮かれたリアナが見た、幻だったのではと、半ば本気で思った。

――私ったら……っ！

一人で勘違いし慌てふためいて、恥ずかしい。

彼はごく当たり前の誓いを立ててくれただけだ。そこに、不埒な意図など微塵もあるはずはないのに。

おかしな妄想に耽りそうになっていたなんて、口が裂けても言えない。

リアナは、咳払いで動揺をごまかし、懸命に話題の転換を図った。

「ね、ねぇ、これは覚えている？　十年以上前、貴方が高い木に登っているのを見かけて、私も登りたいと強請ったことを」

「忘れるはずがありません。あのときは、王妃様が頑固で諦めてくださらず、難儀しました」

柔らかな微笑みと共に返されて、どこか張り詰めていた空気が和んだ。

そのことに自分でも驚くほど安堵して、リアナは目を細めた。

「懐かしいわ……いつもなら私のお願いを何でも聞いてくれる貴方が、あのときばかりは絶対に駄目だと言って譲ってくれなかった」

「当然です。公爵家の令嬢が木登りなど、とんでもない暴挙です」

「それなら、ユーウェインも駄目じゃない」

彼は公爵家の人間ではなかったけれど、使用人の立場でもなかった。今なら、あの不思議な立ち位置は『客人』と呼ぶのが一番しっくりくると分かる。

おそらく父の知り合いの息子などではないかと想像できた。

たとえば明かせない家門や、複雑な家庭の事情があったのかもしれない。

――だけど、もはやそんなことはどうでもいいわ……

ユーウェインがどこの誰であっても、関係ない。リアナの気持ちに何も影響を及ぼさなかった。

成就しないこの恋心は、それ故に枯れることもない。

きっと永遠に、この胸に咲き続けるのだろう。ひっそり、だがしっかりと根付いて。

「私はいいのです。そもそも貴族の子息ではありませんし、男ですから」

――彼は自分の出生を知っているのかしら……？

興味と好奇心はリアナにもあるものの、ユーウェイン自らが語ってくれない事実を暴く気にはなれなかった。

彼が知られたくないことを強引に聞き出す傍若無人さも、持ち合わせていない。

だから深く追及することなく、リアナは唇を綻ばせた。

「狡いわ。私だって高いところからの景色を楽しんでみたかったのに」

「でしたら、ご自分の部屋から窓の外を眺めれば充分でしょう」

取り付く島なく却下されたが、それでもリアナは心が弾んだ。

随分久しぶりにユーウェインと他愛ない会話を楽しんでいる。こんな風に何気ないやり取りを交わすのは、いったいいつ以来だろう。

必要最低限の指示や命令ではなく、雑談。それが、委縮していたリアナの心を柔らかく解きほぐしてくれた。

王妃として気負い、一時も気を抜けない生活を強いられるうちに忘れていた感覚を思い出す。

最後に意識することなく口角が上がったのは、もう何年前かおぼろげだ。

「ユーウェインったら、意地悪を言うのね」

口調まで娘時代に戻ったように気安いものへ変わる。砕けた物言いは、かつてのリアナだった。

自由で明るく、未来に希望しか抱いていなかった純粋なかつての自分。

取り戻せない過去が、寂しく切なかった。

「貴女が聞き分けのない子どもっぽいことをおっしゃるからです」

リアナの心情を理解してくれたのか、彼も昔と同じ口調でしゃべってくれた。隔たれていた距離が束の間近づいたようで、ドキドキする。

思慮深く思いやりのあるユーウェインは、打ちひしがれたリアナを必死に慰めてくれているのだろう。不器用にも、親しげに話すことで。

その気持ちが痛いほど伝わってきた。

——昔も今も、変わらず優しい人……

恋心が疼いて苦しい。どうしたって燻ぶる想いを消せない。

いっそもっとリアナが強かに図太くなれれば、楽に生きられるのではないかと夢想したが、叶わぬ願いだ。

か細い繋がりでも彼を失いたくなくて、これ以上は踏み込めない。

死に物狂いで恋情を押し隠し、束の間の喜びを甘受することで満足すべきだった。

「……ありがとう、ユーウェイン。私を元気づけてくれて……」

「——王妃様の笑顔が見られるならば、いつでもお安い御用です」

いつも通りの話し方に戻ってしまった彼を寂しく見つめ、リアナは大きく息を吸った。するとユーウェインはやっと腰を上げてくれる。

いつまで経(た)っても、彼を見下ろすことには慣れない。こうして高い位置にある秀麗(しゅうれい)な顔(がん)貌(ぼう)を見上げている方がしっくりくると、改めて感じた。

「私が消沈している場合じゃないわね。これでも私は――プロツィア国の王妃なのだもの。しっかりしなくては」

「私がお支えします。必ずどんなときにもお守りします」

「ありがとう……その言葉だけで、まだ頑張る気力が湧いてくるわ」

紛れもない真実をこぼし、リアナは目を閉じた。

明日になれば奇跡が起きているのではないかと、儚(はかな)い夢を抱きつつ。

2　罪深い夜

リアナを王妃の居室に送り届け、ユーウェインは沈鬱な面持ちで一人長い廊下を歩いていた。

思ったよりも、遅い時間になってしまったせいで、すっかり夜は更けている。

カツカツと靴音だけが静寂の中に響き渡り、ひと気のない廊下にユーウェインの影だけがまっすぐ伸びていた。

緘口令が敷かれたおかげで、今はまだロードリックの件は知れ渡っていない。しかしルクレティアが戻れば、そうはいかないだろう。

誰かが責任を取らねば、事態は収束しない。それこそ奇跡が起きて、ロードリックが全快でもしていない限りは。

――先王妃様の怒りが、リアナ様に向かうことだけは防がなくては……

幼い頃から見守ってきた、大事な人だ。この命に代えても守ってみせる。そう、クラレンス公爵にも誓った。

しかし状況は著しく悪い。絶望的と言ってもいい八方塞がりで、流石にユーウェインも楽観的にかまえることは難しかった。

――このままでは、リアナ様のお立場が危うい。

子のいない妻の立場は弱い。それが正妃であっても、盤石とは到底言えなかった。

ましてこの国の真の支配者はルクレティアだ。彼女の意志が、何をおいても優先される。その上、リアナとの関係は壊滅的と言っても過言ではなかった。

――リアナ様ほど、素晴らしい方はいらっしゃらないのに……何故先王妃様はああも辛辣にリアナ様を嫌うのか……

自分には物心ついたときから母がいなかったから分からない。

クラレンス公爵夫人は自分とリアナを分け隔てなく育ててくれたけれど、ユーウェインには遠慮もあって、心の底から甘えることはできなかった。

だからなのか、息子に執着するルクレティアの気持ちは理解しがたい。いい歳をして母親べったりなロードリックも、ユーウェインにとっては不可解なものでしかなかった。

――だがそんなことを言っている場合ではない。私がすべきは、リアナ様を守るために全力を尽くすことだ。

逆に言えばそれ以外、考える必要はない。

大切なのは、彼女だけ。リアナの笑顔のためならば、自分はどんな苦痛にも耐えられる。命を差し出せと言われても、喜んで従う覚悟があった。

――せめてリアナ様とロードリック様の間にお子がいれば……

そう考え、即座に込み上げた不快感は見て見ぬふりをした。

苛立ちにも似た感情が何なのか、深く考えたくはない。それは、追及してはならないものだと、本能的に知っている。

おそらく、敬愛するリアナの『幸せ』が、母になることと必ずしも直結していないと悟っているせいだと己に言い聞かせた。

だがだとしても、王妃になったリアナの一番の幸福は、我が子を次の王に据えることだろう。彼女に権力欲がないとしても、だ。

謀略渦巻く王宮内で生き残るには、時に強かにならざるを得ない。清廉なままでは、いつか野心ある者に利用され、足を引っ張られてしまう。

これまでにも、濡れ衣を着せられ処刑に追いやられた王妃が、歴史上何人いたことやら。

――リアナ様をそんな悲劇に巻き込まないために、私は護衛騎士を志願し、必ずお守りすると大恩あるクラレンス公爵様に誓ったのだから――

ユーウェインは、自分が何故クラレンス公爵家に預けられていたのか、詳しい事情までは把握していない。

　しかしリアナの実父であるクラレンス公爵の意向であることは間違いなかった。

　己が誰の子でどこの出身なのか――全ては謎だ。それでも、わざわざ探ろうとは思わない。

　クラレンス公爵が明かさないなら、従うまで。下手に藪を突いて、リアナと引き離されてはたまらない。どんな形であっても彼女の傍にいることを許してもらえるのなら、己の出自など些末な問題でしかないのだ。

　ユーウェインにとって最重要事項は彼女だ。

　リアナさえ幸せであってくれれば、それでいい。この世で最も尊い宝を、間近で愛でることさえできれば――他には何も望む気はなかった。

「――お待ちください。少々、時間をいただけませんか？」

「え？」

　前だけを見て足早に歩いていたユーウェインを呼び止める声は、柱の陰に隠れるように立つ宰相のものだった。彼はいつも至極丁寧な態度でこちらに接してくる。自分などただの護衛騎士にすぎないのに、不思議なことだ。

　思い返してみれば、初めて会ったときからそうだった。

　本来なら、一介の騎士が宰相と直接言葉を交わせるものでもない。ユーウェインも己の立場を弁えており、初対面の際は深く首を垂れたままだった。

しかし彼はユーウェインに顔を上げることを求め、丁寧に自己紹介までしてくれたのだ。

『クラレンス公爵様からお話は全て聞いております。剣術だけでなくとても優秀で、人柄も素晴らしいとか――リアナ様のお傍に仕えるのであれば、今後も私と顔を合わせる機会は多いでしょう。どうぞよろしくお願いします――』

柔和な目尻に深い皺を寄せ、細められた眼差しはどこか遠いところを見つめていた。

まるで、何かを懐かしむかのように。

とは言え、宰相は基本的に物腰が柔らかいので、ひょっとしたら誰に対してもこうなのかもしれないとユーウェインは思い直した。

「何でしょう？　私などでお役に立てることがありますか？」

武骨な自分にとって、政治的駆け引きは得意とするところではない。首を傾げながらも、ユーウェインは宰相に向き直った。

「はい。貴方様にしか――できないことです」

「様だなんて……宰相様からそのように呼ばれるのは、不思議な心地がします。どうぞもっと気楽にお呼びくださいませ」

苦笑しつつユーウェインが告げれば、彼は緩々と首を横に振った。

「他人に聞かれたくない話をしたいので、どうぞこちらに来ていただけますか」

　ユーウェインが案内されたのは、普段宰相が使っている執務室だった。

　積み上げられた書類の多さからは、彼の多忙さが窺える。国王であるロードリックの執務室は華美で整然と片付けられているのと比べても、実用的な違いは明らかだった。

「雑然としていて申し訳ありません。なかなか整理する時間がなくて……人に任せると、どこに何があるのか分からなくなってしまうので嫌なのです」

「いえ、お気になさらず。それだけ宰相様がこの国に於いて欠かすことのできないお方であるということですから」

　実際、まともに政務を行わないロードリックと、自身の権力を誇示することに腐心するルクレティアだけでは、早晩この国は立ち行かなくなるだろう。

　辛うじて国の体裁を保っていられるのも、宰相のような臣下が奔走してくれているからなのだ。

「……私にできることなど、微々たるものですよ。何事も最終的には、先王妃様のお心ひとつで決まりますから」

　特に国の根幹にかかわる大きな決定は――

　最後まで語られなくても、ユーウェインは彼の言わんとしていることが分かった。

　そして、不用意に発言すべきではない内容であることも察し、勧められた椅子に黙って腰かける。

「お茶一杯お出しできず、申し訳ありません」

人払いしたせいで、室内は給仕の者もいない。ユーウェインと宰相の二人だけ。

どこか居心地の悪い組み合わせに、ユーウェインは無意識に身じろいだ。

「あの……お話とは？　あまり長く王妃様のお傍を離れたくはないのですが――」

今夜の護衛任務は、別の者が担当している。ユーウェインは明日の朝まで自由の身だ。

それでも、何かあれば駆けつけられるよう、心は常にリアナだけを気にかけていた。

「ご安心ください。私も貴方とこうして二人きりで会っていることを知られるのは、望ましくありません。どこに監視の目があるか、油断できませんからね。ですから手短にお伝えします――」

――知られる……？　誰に？　先王妃様や陛下にか……？

ユーウェインが怪訝に思っていると、彼は座っていた向かいの席から立ちあがった。そしてあろうことか床に膝をつき、額づく勢いで深く頭を垂れた。

「宰相様……？」

流石に驚いて、ユーウェインも腰を上げた。

雑然とした部屋の中、年長者が若輩者の自分を敬っているかのような、一種異様な光景にどう対応すべきか分からない。

ひとまずこちらも跪こうとしかけたが――

「おやめください。そのようなこと」

　あっさり制止され、向けられた真剣な眼差しに動けなくなった。

「――初めてお会いしたときに、申し上げたでしょう。私は――クラレンス公爵様から『全て』お聞きしていると」

「どういう意味でしょうか……？」

　本当に分からず、ユーウェインは惑う視線を泳がせることしかできなかった。

　だが宰相がこのような態度をとる理由があり、その件にクラレンス公爵が関係しているとなれば、考えられることは多くはない。その中でも最も可能性が高い事実は、一つしか思い浮かばなかった。

「……私の出生に関係することでしょうか？」

「クラレンス公爵様は、今日まで約束を守り通していらっしゃったのですね。……私も、『あの方』のご遺志を尊重すべきなのは重々理解しております。ですが、このまま沈黙を貫いては、プロツィア国の不利益にしかなりません。――王妃様をお救いするためにも……力を貸していただけませんか」

　話が見えず、返事ができない。適当に頷くことも、軽々しく拒絶することも躊躇われて、ユーウェインは慎重になる以外選べなかった。

「……私には、宰相様がおっしゃっていることが分かりません。自分について、何一つ知らないからです。けれど王妃様の――リアナ様をお救いするためならば、どんなことでもする所存です」

仮にこの手を血に染めることであっても、ユーウェインは突き進むだろう。この世で最も大切な花を咲かせるためなら、自分自身がどうなろうとどうでもいい。

彼女が微笑んでいてくれさえすれば、あらゆるものを敵に回してもかまわないと心の底から思った。

もっと言うなら、リアナの幸せな未来に、己自身が存在しなくてもいいのだ。

ユーウェインの世界の中心に鎮座するのは彼女だけ。誰より清廉で聡明なただ一人の女性。リアナに抱く感情は、崇拝と言っても差し支えなかった。

――私に『生きる意味』と『喜び』を教えてくれた方だから――

自分が何者なのか分からず、いくら丁重に扱われても他人の中で生活するのは居心地が悪い。クラレンス公爵夫妻が優しく接してくれればくれるほど、ユーウェインの中に折り重なっていった『申し訳なさ』。

ここは己の居場所ではないと、幼心に感じていた。

元来、聞き分けがよく生真面目な性格だったこともあり、子どもらしくいられた時期はほとんどなかったと言える。

一日も早く大人になって、誰にも迷惑をかけず生きていこうとずっと心に決めていた。

当時は、ひょっとしたら自分は罪人の息子なのではないかと疑ったこともある。ただ身分ある者の血を引いているから、秘密裏に生かされているのではないかと。

庇護者であるクラレンス公爵が何も語ってくれないことこそ、出自を隠さねばならない証拠なのだと思っていた。

何せユーウェインは、良家の子息ならば当たり前の学校にすら通っていないのだ。勉強は全て、屋敷へ家庭教師を招いてなされていた。

乗馬や剣術も同じ。専任の教師をつけてくれたけれど、ユーウェインを人前に出すことは決してなく、夜会やその他の集まりにも参加を許されたことはなかった。

明らかに、自分は存在を隠されていたのだと思う。

それもあり、ユーウェインの自身に対する肯定感は、低かったのかもしれない。

『貴方が大人になり、必要に迫られた際には、全てお話ししましょう。ですが、それまでは――――何度問われても、私の答えは同じです。お教えすることはできません』

キッパリとクラレンス公爵に告げられて以来、ユーウェインは己について問うことはやめた。普段穏やかな公爵が、困りきった表情で言葉を濁したからかもしれない。

ああ、自分はそれほどまでに、他者にとって重荷となる存在なのだと痛感したせいもある。

そんなとき、リアナがクラレンス公爵家待望の令嬢として生を受けた。

赤子など、皆同じ。猿とたいして変わらない——そんな風に冷めていたユーウェインは、けれど一目で彼女の虜になった。

可愛らしく無垢で、弱々しい命。

他者が世話を焼かねば、数日も生きられない生き物。

だが小さな唇や柔らかな手足、壊れてしまいそうな心許ない重みの全てが、狂おしいまでの愛情を掻き立てた。

甘い匂いを漂わせ、ユーウェインの指を握ってきたリアナの愛らしさに、『この子を守ってあげたい』と心から願った。

成長するにつれ、自分の後を付いて回るようになった彼女は、妹同然。

しゃべるようになれば、事あるごとに『ずっと一緒』と強請られて、必要とされる歓喜に全身が戦慄いた。

悪夢を見て、泣いてぐずるリアナを宥められるのは自分だけ。乳母でも、実の母親でもない。『ユーウェインが一緒に寝てくれなきゃ、嫌』と我が儘を言いしがみ付いてくる彼女にどれほど自尊心を擽られたことか。

悪戯を叱られてへそを曲げ、隠れたリアナを見つけ出せるのは、いつだってユーウェインだった。どれだけ巧妙に身を隠しても、彼女の居場所はすぐに分かる。そしてリアナも、ユーウェインがいつどこにいるのか、常に知っているかの如く現れた。

ある年、珍しく体調を崩した自分に、リアナが付きっきりで看病してくれたことは忘れられない。もっとも、幼子にできることは何もなく、ユーウェインの部屋から何度追い払われても忍び込んできただけなのだが、目が覚める度に彼女が枕元で微笑んでくれたときには、経験したことのない甘苦しさで一杯になった。

夢現の中、『大丈夫だよ。ユーウェインは独りじゃないよ。私がいるもん。どこに行ったって、ずっと一緒にいるよ』と舌足らずに言うリアナは、この世界に舞い降りた天使そのものだった。

全身全霊でユーウェインを乞うリアナに、何もかも捧げたいと願うようになったのは、ごく自然なことだ。

幼女から少女になり、瞬く間に美しくなるリアナの幸福だけを切(せつ)に祈る。それこそが、ユーウェインに与えられた喜びであり生きる理由なのだと疑う余地もなく信じられた。

他には、何もいらない。傍にいられれば、それでいい。けれどその唯一の願いすら、彼女のためならば捨てても惜しくはなかった。

忠誠心よりももっと強く深い思いで、ユーウェインはリアナに仕えている。

「……王妃様をお救いできるだけでなく、この国自体も守れる方法があります」

本音を言えば、自分にとって国は二の次だった。それでも重苦しい口調で語る宰相に余計な口を挟むことはできず、軽く頷いて先を促す。

「聞かせてください。その前に、立っていただけますか。流石にこのままでは落ち着きません」

数瞬迷ったものの、彼はユーウェインの言葉に従って、向かいの椅子に腰をおろしてくれた。だが未だ迷っているのか、なかなかその先を話し出そうとはしない。それほど重大な内容なのかと、知らずこちらも緊張を帯びた。

――いったい何を言い出すつもりだ……？　だがリアナ様のためであれば、私はどんな罪でも犯せる。

「――今から語ることは、どうぞ他言無用に願います」

外はいつの間に降り出したのか、雨粒が窓を叩いている。

遠雷(えんらい)が、夜を不穏に照らし出した。

リアナは鏡に映る自分の酷い顔色に嘆息した。もう三日もろくに眠っておらず、こんな状態だ。

結局、現状を打破する妙案など一つも思い浮かばず、今日も無為に朝はやってきた。残酷なまでに晴れ渡った空は、数日続いた悪天候などなかったかのようだ。

昨晩も嵐のような雨風と、雷が酷かったのに。打って変わって本日は嘘のように一日中晴天が広がり、今はもう夜。

――私の事情など無関係に、世界は動いているのね……

ロードリックが落馬し、大怪我を負ったと一報が入った日から既に三日。

様々な治療法や薬が検討され試されたが、今のところ効果があるとは言えなかった。遠方から高名な医師を招いてはいても、全て水面下で行われていることなので、時間がかかる。

――いくら考えても、一番望ましいのはロードリック様が無事回復してくださることしかない。

そうすれば、ルクレティアが暴走することも後継者争いで国が混乱することも避けられる。

しかし奇跡に等しい可能性に縋るしかないリアナは、己の無力さを嚙み締めて、一層気分が沈んだ。

――いっそお父様に相談して――いいえ、私がロードリック様と本物の夫婦にすらなれていないなんて、言えないわ……

娘夫婦が上手くいっていないことくらいは耳に入っているだろうが、まさか未だに初夜も迎えていないとは、父も考えていないに違いない。

万が一知られれば、きっと母の知るところにもなる。そうすれば、リアナの幸せを願ってくれている両親を、どれだけ悲しませてしまうことか。

――今日も宰相と相談して、東方からの医師を集めましょう。新しい治療法が見つかるかもしれないじゃない。かの国は、プロツィア国にはない医療が発達しているらしいもの……

限りなくゼロに近い確率だとしても、ロードリックが助かる見込みは皆無ではないのだ。希望を捨てるなと己を鼓舞しながら、リアナは鏡の向こうからこちらを見つめる陰鬱な女に失笑した。

――私がしているのは、ロードリック様の心配？　それとも夫が亡くなることで引き起こされる事態への憂慮？

問うまでもなくはっきりとした答えが浮かび、自身の冷淡さにますます心が冷えた。

自分はいつから、こんなに情のない人間になってしまったのか。

先日は混乱と衝撃で感情が麻痺しているだけだと思っていたが――違う。

三日経っても、この胸のどこを探ったところで、夫への憐憫も悲しみも見当たらない。

今リアナに残っているのは、王妃としてのか細い義務感だけだ。

全て放り出したいと願いながら、それでも懸命に足を踏ん張って堪え忍んでいる。だがそろそろ限界だと、心が悲鳴を上げていた。

重い身体を引き摺って、リアナは執務室から自室へ向かう。

時刻は深夜をとっくに回っていた。一日中政務に励み、今後どうすべきかを宰相と話し合い――気づけばこんな時間だ。いくら天気が良くても、窓から外を眺める余裕すらなかった。

――疲れた……。

寝不足のせいか、頭がぼんやりとしている。手足も鉛のように重く枷を嵌められている心地がした。

心労で食欲は失せ、そういえば今日は水分しかとっていない。そんなことを思い出していると、リアナの足が縺れた。

「あ……」

ふらりとよろめいて、支えてくれたのは後ろを歩くユーウェインだった。

背中に感じる逞しい胸板。がっしりとした揺るぎない腕。頭頂を掠める男の呼気に、リアナの肌が粟立った。

「大丈夫ですか？　王妃様」

「だ、大事ないわ」

振り返って微笑む余裕はない。きっとリアナの頬は真っ赤に染まっているからだ。咄嗟のことで、表情を取り繕うこともできなかった。

「……あの、もう手を放して大丈夫よ」

本音では触れられる喜びに満ちていたけれど、ここでは侍女たちの目もある。リアナはそっと距離を取ろうと身を引いた。

「まだ足元がふらついていらっしゃいます。このままお支えしていきましょう。御身に触れること、どうぞお許しください」

「え……」

いつになく強い口調で言い切られ、断る隙がなかった。

態度はあくまでもこちらの身を案じ、気を配ってくれているもの。だが有無を言わせぬ彼の気配に、つい押し切られる。

リアナは呆然としている間に、自室の前まで辿り着いていた。その間、ユーウェインに手を引かれたまま。

「――それではまた明日の朝、お迎えにあがります」

「え、ええ……お休みなさい」

礼儀正しく騎士の礼をした彼から視線を引き剝がすのは難しい作業だ。それでもじっと見つめる無様な真似は、全力で堪えた。

リアナの目の前で扉が閉じられ、王妃付きの侍女らが忙しく着替えさせてくれるのを、抗わず受け入れる。

重いドレスを脱ぎ捨ててゆくたび、心も軽くなる錯覚に陥った。現実は何一つ解決していないとしても、身体を締めつけていたコルセットから解放されて、呼吸が楽になったのは確かだ。

「――入浴の準備は整っております」

「……ええ、ありがとう」

今夜は僅かな時間でも眠れるといい。少しでも休息を取らねば、ロードリックより自分の方が先に儚くなってしまいかねない。

それも悪くない――

――馬鹿なことを……と思いかけ、リアナは強く目を閉じた。

──馬鹿なことを。……疲れているから、弱気になっているんだわ……

「……よく眠れるように、ハーブティーを準備しておいてくれる？　就寝前に飲みたいの」

「かしこまりました。安眠を促す香油もご用意いたしましょうか？」

「そうね……お願いするわ」

リアナが入浴を終え寝室に入ると、先ほど頼んだものは既に準備されていた。

ようやく一人になれて、ホッと息を吐く。

昼間は常に人目に晒されているため、睡眠時だけがリアナの時間だ。これまでは夜の間のみが、自分にとって安らぐひと時だったが、今は眠れないせいで余計なことに思い悩む苦痛の時間でもある。

それでも監視の目から解放された気分で、疲労感の蓄積する身体をベッドに投げ出した。

――いい香り……ラベンダー？

侍女らは大半がルクレティアの息がかかった者たちなので信用はできないけれど、皆仕事はできる優秀な者ばかりだ。

用意されていたハーブティーも、リアナを僅かながら癒してくれた。

――いつまでロードリック様の不在をごまかしきれるかしら？

夫が王宮を抜け出すことは珍しくないし、公務を蔑ろにするのもいつものことだ。

数人の気に入った側近だけを傍に置いて、それ以外の者が部屋に入ることすら嫌がる。

何日も人前に姿を現さないことも、これまで何度かあった。

つまりまだしばらくは隠し通せるはず。

いや、何としても隠し通さねばならない。せめてルクレティアが戻るまで最大限時間を稼がなくては。

彼女が息子の悲劇を知れば、側近たちも己の身が危うくなると承知している。それ故、今のところはご注進しようとする輩は現れていなかった。

――皮肉な話ね……普段は足を引っ張り合っているのに、こんなときには皆の気持ちが一つになるなんて。

リアナは、義理の母であるルクレティアにこれまで散々されてきたことを思い出し、瞳を翳らせた。

人前で罵倒されるのは日常的で、熱い茶の注がれたティーカップを投げつけられたこともある。

国賓を招いた席であえて知らない話題を持ち出され、嗤い者にされたこともあった。

それら全ての場面で、一度も庇ってくれなかったロードリック。彼は、薄笑いさえ浮かべリアナを蔑んでいた。

あれほど疎まれたのは、おそらく自分にも非があったのだろう。

――いいえ、本当は理由なら分かっているわ……私が、ロードリック様を愛せなかったから……

この心には、既に大事な人がいる。決して枯れることがない花が、咲き誇っていた。

リアナは絶対に態度にも表情にも出さなかったつもりだが、滲みだすものがあったのだろう。

それを感じ取った彼らは、面白くなかったに決まっている。

結婚当初はせめて王妃としての義務を果たそうとしたものの、リアナとロードリックとの間に生まれた溝は深すぎて、修復不可能なものだった。

そうしていつしか、リアナ自身も諦めてしまったのだ。

むしろ触れられないことに喜びを覚え――いっそ現状が続けばいいとすら考えていた。とんだ愚か者だ。不敬罪として罰せられても、仕方がないほどの過ちだった。

――神様、不誠実だった罪は私が償いますから、どうぞプロツィア国の民は、お救いくださいませ……

リアナが罪深さを悔い、ひっそりと祈りを捧げていると、睡魔が忍び寄ってきた。

数日ぶりの眠りの予感に、身を任せる。組んでいた指先から力を抜き、重くなった瞼に逆らわず、四肢から力を抜いた。

――明日になったらロードリック様を見舞おう……門前払いにされてしまうかもしれないけれど……

奇跡を信じ、束の間の救いである夢の中に転がり込む。

泥のような眠りは、すぐに訪れてくれた。

だからなのか、異変を覚えたのは、リアナが眠りに落ちてどれくらい時間が経ってからなのか判然としない。

初めは、微かな物音。

その後、空気の流れと仄かな香り。

静寂に守られているはずの王妃の寝室で、主の眠りを妨げる者などいるわけもない。ましてこの数日、リアナがよく眠れず苦しんでいることを、侍女らなら知っているはずだ。

何としても安眠を妨害する要因を排除しようとするに決まっている。

だが、意識が浮上するにつれ、リアナの違和感は大きくなっていった。

――何……？

何者かが部屋の中で動く気配がある。

ランプの灯りを消しに来た王妃付きの侍女か。しかし彼女であれば、無駄のない動きをして、己の仕事を終えれば速やかに退出してゆくだろう。

こんな風に、ベッドの傍らでじっと佇むなど考えられない。しかも強い視線をリアナに向けてくるなど――

――私を見ているの……？

人の眼差しには温度があるらしい。頬や唇、耳殻まで、何者かの視線が辿った場所が熱を帯びるのを感じた。

どこか執拗な瞳は、まるで絡みつくようだ。気のせいだと割り切るには、あまりにも苛烈だった。

――誰なの……っ

急速に膨らんだ恐怖がリアナの身の内を駆け抜けた。

おそらく侍女ではない。衣擦れの音が、スカートを捌くものとは異質だったからだ。

刺客か。それともロードリックの事故を知り、利用せんとする何者か。

どちらにしてもこんな夜半に王妃の寝室へ侵入してきた時点で、招かれざる客なのは明らかだった。

――助けて、ユーウェイン……っ！

叫べば、扉の向こうに控えている護衛騎士が飛び込んでくるに違いない。だがリアナが助けを求めるために思い描（えが）いたのは、愛（いと）しい彼のことだけだった。

ずっと一緒と誓ってくれた、守ると何度も言ってくれた唯一の人。

ユーウェインを思い、閉じた瞼の下で忙しく眼球を動かした。

――隙をついて飛び起きれば、逃げられる……？　それともこのままやりすごした方がいい……？

固唾（かたず）を飲んで、リアナが息を殺していると――

「……起きておられますか？　王妃様」

聞こえた声に愕然とし、リアナは反射的に目を見開いた。

今まさに心に思い浮かべ、救いを求めていた人のものだったからだ。

「……ユーウェイン……？　こんな時間にどうしたの……」

許しもなく王妃の部屋に忍び込むなど、その場で斬り捨てられても文句は言えない。いくら護衛だとしても、あり得ない事態だった。

「眠りを妨げてしまい、申し訳ありません」

「そ、それはかまわないけれど……何かあったの？　まさか陛下が……？」

彼が非常識な真似をする理由が他に思いつかず、リアナは蒼白になった。

ロードリックの容体が悪化したのだろうか。ならばこうしている場合ではない。飛び起きようとして上体を起こすと、リアナの肩に大きな手がのせられた。

「いいえ、ご心配なく。陛下の容体は今のところ変わっておりません」

「そう……なの？　だったら何故……」

存在感がある掌の重みに、意識の全てが奪われる。

薄い布で作られた寝衣は、容易に感触と熱を伝えてきた。その生々しさに、リアナは暗闇で視線を泳がせる。

「あの、ランプの灯りを……」

「必要ありません。このままの方が都合がいい」

意味の分からぬユーウェインの言葉に瞬くも、肩にのせられた手の重みが増し、リアナは動けなかった。

考えてみれば、緊急事態でもないのに、彼がこうして自分に触れるなんていったいどうしたのだろう。

いつもは過剰なくらい距離を保ち、一定の線から近づいても来ないのに。ロードリックの件があって以来、傷心のリアナを支えようと頑張ってくれていると考えるには、今夜の状況は少々やりすぎだった。

「ユーウェイン……？　貴方……お酒を飲んでいるの？」

跪いた彼の口元から酒精(しゅせい)が香り、リアナは瞠目(どうもく)した。

ユーウェインが酒を嗜(たしな)む姿を見たのは、自分が王太子妃に選ばれるよりも前だ。少なくともそれ以降は、彼がリアナの前で飲酒する姿を目にしたことはなかった。

たとえ休みの日であったとしても『王妃様に何かあった際、役目を果たせなくては困る』と頑(かたく)なに酒の席を避けていたのを知っている。

そんな堅苦しい一面があるユーウェインがどうして、とリアナは首を傾げた。

「いけませんか？」

「いけなくはないけれど……珍しいから不思議で……何があったの？」

「あった――と言うよりも、これからあると言った方が正確です。流石の私も、素面(しらふ)で大罪を犯す気にはなれません」

光源のない闇の中、ものの輪郭がうっすらと把握できるだけだ。それでも何年も見つめ続けた彼を見間違うはずはない。彼のことなら、自分が一番よく知っていると豪語できる。

だが今この瞬間は、ユーウェインがどんな表情を浮かべているのか、リアナにはさっぱり分からなった。

ただ随分硬い声音(こわね)が、焦燥(しょうそう)を掻き立てる。生まれたときから知っている人なのに、まるで初めて対峙する男のようだった。

「……何を、言っているの？」

「――三日、思い悩みました。けれど逆に言えば、僅か三日しか私は逡巡しなかったということです」

不可解な台詞を吐く彼は、妙な気配を纏っている。

たとえるなら、重苦しい圧。

息苦しさを覚えたリアナは、本能的にユーウェインから身を引いた。けれど肩に置かれたままの掌が、それ以上離れることを許してくれなかった。

「何だか変よ……ユーウェイン……？」

三日とは何の期間を意味するのか思考を巡らせ、リアナはロードリックが怪我を負った日から経過した日数だと気がついた。

けれどユーウェインが何を言わんとしているのかは、未だに謎だ。

それでもあの日から、彼の様子はどこかおかしかったことに思い至る。

いつものようにリアナの傍に控えてくれていながら、時折心ここにあらずの風情だった気がする。

らしくなく、ぼんやりと物思いに耽っていることもあった。これまでなら、護衛中に気を緩めることなど考えられなかったのに。

しかし怠慢だと詰る気になれなかったのは、リアナ自身も情緒が不安定になっていたためだ。

自分のことに精一杯で、彼を思いやる余裕はなかった。それにユーウェインもプロツィア国の民として、国を憂えているせいだと勝手に解釈していたのも否めない。

――色々ありすぎて深く考えなかったけれど、今日の昼間もユーウェインはどこか遠くを見ていたような……？

悲しげな、切なさを帯びた眼差しを虚空に向けてはいなかったか。そして苦しそうに表情を歪めていた。

今更ながら気になって、リアナは数度瞬いた。

「貴方まで具合が悪いなんて言わないでね？　私が頼れるのは、ユーウェインだけなのだから――」

気持ちが弱っているせいで、つい本音が漏れた。ここにいるのが彼だけだと思うと、尚更虚勢を張ることもできず、脆弱なリアナの本質が顔を覗かせてしまう。

弱音を吐けば慰めてもらえた過去がよみがえり、危うく縋りたくなってしまうほどに。

――いけない。ユーウェインがどうやってこの部屋に入ってきたのかは分からないけれど、もし誰かに見られたらお互い無事じゃすまないわ――

一刻も早く、彼を帰らせなければ。しかし扉の外には、護衛が寝ずの番で立っているだろう。控えの間には侍女だっているはずだ。

――あら……？　それなら本当にどう言って、ユーウェインは私の寝室に入る許可を得たの……？

寝起きの頭が上手く働かない。

そうでなくても睡眠不足で、疲労感がこびり付いた全身に倦怠感がある。

疑問が処理されないまま、リアナは彼をじっと見つめた。

「ロードリック様のことで、貴方も気が張っているのね。でもきっと何とかなるわ――」

「――今夜だけは、別の男の名前を呼ばないでもらえませんか」

ユーウェインを励ますつもりで口にした言葉を遮られ、リアナは唖然とした。

こんな風に彼から発言を邪魔されたのは初めてだ。今も昔も優しすぎる彼は、リアナの言動の全てを受け止めてくれた。

それなのに苛立たしげに声を被せられ、続く台詞が紡げなくなる。

いつにない厳しい口調は、リアナを混乱させるのに充分だった。

「……ユーウェイン……？　今夜の貴方、本当にどうしてしまったの……？」

誰よりも信頼する彼を前にして、自分の中に湧き起こるこの感情は何だろう？

心が竦み、身体が逃げたがっている。

人目が気になるからではなく――ユーウェインともう少し離れたいと願っている自分に、リアナは戸惑った。

何故なのかは、己自身にも分からない。

だが、重く粘度のある空気が、リアナに身動きを取らせてくれなかった。

「――一つだけ誓えるのは……私はいついかなるときもリアナ様の幸せを祈っているということです。それがたとえ、貴女の望むものではなくても――」

――名前……

彼が『王妃様』ではなく名前を呼んでくれたのはいつ以来だろう。

そんな場合ではないのに、リアナの胸が甘く締め付けられた。もう一度聞きたくなり、思わず耳を澄ませてしまう。

しかし望むものは与えられず、代わりにユーウェインの惑う指先がリアナの頬を辿った。

躊躇いつつも、しっかりと触れてくる指先は硬く剣を扱う者の手だと伝わってくる。王妃と護衛として立場が隔たれる前は、こんな触れ合いも珍しくはなかった。

日常の事で、そのありがたみに気づけなかったほど。

けれどこの数年は、視線が絡むことすら数える程度だった。

「……っ」

宵闇の中、真正面から相手の双眸の煌めきまで見て取れる近さで覗きこまれ、吸った息が悲鳴じみた音になる。

――ユーウェインの青い目は、こんな色だった……？

記憶の中、彼の瞳は澄み渡った青空のようだったと思う。ユーウェインのまっすぐで清廉な気質によく似合う、濁りのない清々しい碧。

それが今は、微かな淀みを帯びている。

かつて船に乗せてもらった際に見た、深い海の折り重なった藍色と通じる。

――夜の闇のせい……？　いいえそれだけじゃない……

リアナの中で違和感が大きくなる。警鐘を鳴らす心音は、際限なく高鳴っていった。

ユーウェインの指先が次第に大胆になり、触れる範囲を広げてゆく。

瞼からこめかみへ。耳を通って顎へと。武骨な指先が滑り落ちた先は、リアナの唇だった。

もはや偶然とも勘違いともごまかせない、官能的な接触に汲み取ることができる意図は一つだけだ。

罪深く、背徳的な目的の情動がチラチラと燃えている。ユーウェインの双眸は、紛れもなく淫らな色を孕んでいた。

そしてそれは、リアナの内側にも感染してゆく。

「い、いけないわ……ユーウェイン……」

窘める声は、あまりにも小さい。

動揺や混乱だけが理由ではなく、リアナ自身本気で拒んでいるのかは疑問だった。

しかしそうだとしても、こんなことは間違っている。

今ならまだ引き返せる。何事もなかったように彼を部屋から追いやって、いつも通りの朝を迎えることができれば——

「許してくれとは申し上げません。今夜私は——貴女を犯します」

「……っ」

苦しげにユーウェインの顔が歪んだ。瞬間、彼の迷いが垣間見える。だが躊躇いは刹那のうちに拭い去られた。

「や……っ」

手首を摑まれたと悟ったときにはもう、リアナはベッドに押し倒されていた。

見上げた先にあるのは、愛しい人の姿。それなのに、見知らぬ男でもある。

近年は落ち着き払った無表情しか向けてくれなかったのに、今夜は随分色々な顔を見せてくれた。

眉間に皺を寄せた苦しげな顔。切ない表情。欲望を秘めた男の姿。

そのどれもが、これまでリアナが目にしてこなかったものだ。

家族よりも長く共に過ごしてきて、彼について知らない面がこんなにあるなんて考えもしなかった。

信頼できる護衛騎士でも、誰にも打ち明けられない想い人でもない。

じっと見下ろしてくる眼差しは劣情を滲ませ、同時に強い罪悪感も漂わせていた。

「ユーウェイン……！　い、いったい何を」

「聞こえませんでしたか？　今宵、私がリアナ様の純潔を奪うと、申し上げたのです」

耳はきちんと機能している。聞き間違いでもなく正確に言葉を拾った。

だがどうしても理解できない音の羅列が、リアナの頭を通過してゆく。意味を咀嚼することを拒んでいるのは、『良識』や『貞節』と呼ばれる種類のものかもしれなかった。

「馬鹿なことを言わないで……！」

「ええ、馬鹿げています。ですがこれこそ貴女を救う唯一の可能性だと信じています」

主人を組み敷いておいて何を言っているのか、まるで理解ができない。

こんな真似が知れれば、互いに破滅だ。

リアナはふしだらと詰られるだけでなく、王妃の座を失い、幽閉されるのは想像に難くなかった。

ユーウェインに至っては、確実に命を奪われるだろう。それも騎士として最も不名誉な罪に問われて。

「や、やめなさい。正気とは思えないわ」

「勿論、このようなことを正気で行えるはずもない。たぶん私は……おかしくなっているのでしょう。きっと甘言を囁かれるよりも以前から、壊れていたのだと思います。この三日間は、そんな己の罪深さと向き合うのに必要な時間でした」

「貴方の言わんとすることが全く分からないわ……」

両手を頭上に押さえつけられ、身体を捩ることもできなかった。鍛え上げられた騎士の腕力に対し、非力なリアナの抵抗などないも同じ。

簡単に押さえ込まれ、あまつさえベッドに乗り上げてきた彼が覆い被さってきた。

「いや……っ」

夫とさえここまで身体を寄せた経験がない。そのせいで大柄な体軀に組み敷かれる恐怖を感じた。

ギラギラと底光りする青の瞳に、怯えを覚えたのも理由の一つ。

リアナが引き攣った声を漏らすと、ユーウェインの双眸が僅かに揺れた。

その様子に、彼もまた葛藤しているのだと悟る。未だに迷う気持ちがどこかに残っているのではないか。

リアナを傷つける意図はないのだと、不意に察した。

――それなら、翻意させる余地があるかもしれない……っ
こんなことをしでかせば、ユーウェインの首が飛ぶことは避けられない。彼を愛しいと

思うからこそ、馬鹿げた愚行はやめさせなければならなかった。

「先ほど、甘言と言ったわね。ひょっとして誰かに唆されたの？　私を襲えとでも命じられた？　でもこんなことをしても、何も好転はしないわ……！」

王妃の不貞を演出して、誰に得があるのか必死に考えた。思いつくのは、ロードリックとルクレティア、それに己の娘を王妃に据えたい貴族たちだろうか。

リアナを失脚させるための計略にしてはお粗末だが、それくらいしか今の状況を説明できるものがない。

だが王に顧みられない王妃など既に無力で、今すぐ排除すべき障害にすらならないはずだ。その上ロードリック自身が危ういこんなときに、行動に移す意味が不明だった。

――ロードリック様が大怪我をされたことを知らない……？　それとも好機だと捉えた？

考えても分からない。

いやリアナには思考に割く余裕などなかった。

「ん……ッ」

押しつけられた唇がキスだと気がつくには、数秒を要した。

誓いとも挨拶とも別ものの口づけは、甘く官能的にリアナを惑わせる。食まれた唇が僅かに開けば、隙間からユーウェインの舌が侵入してきた。

「ふ、ぅ……アっ」

ねっとりと粘膜を擦りつけられ、口内を舐められて、腰骨に疼きが溜まる。ゾクゾクとした愉悦が駆け抜け、強張っていた全身から力が抜けた。

こんな感覚は知らない。初めての淫猥な行為に眩暈がした。

それも本来なら夫とすべきことを、別の男としているのだ。

ロードリックを迎えるベッドで、騎士服を纏うユーウェインに押し倒され。

何度も角度を変えて唇を合わせられるうち、リアナの口の端から唾液が伝い落ちた。その滴も舐め取られて、掠れた呼気は淫靡に震える。

涙の絡む睫毛を押し上げれば、頬を上気させた彼と目が合った。

「あ……」

「……不慣れですね。陛下は口づけも教えてくださいませんでしたか？」

「……なっ、ぶ、無礼だわ……！」

揶揄する響きに、リアナのなけなしの矜持が刺激された。キスの心地よさに溺れかけていた理性が掻き集められ、もがく手足に再び力が戻った。

「いい加減に冗談はやめて。これ以上は見逃してあげられないわ」

「見逃してくださらなくて、結構ですよ。むしろ全部覚えていてください。これから私にされることを忘れないでほしい。――ああ、先刻の質問にもお答えします。誰かに唆されたのでも命じられたのでもありません。今夜こうしてリアナ様を穢(けが)す決意を固めたのは、他ならぬ私自身です」

眩暈が一層ひどくなる。世界が歪み崩壊してゆく。

信じていたものがひっくり返された気分で、リアナは瞳を見開くことしかできなかった。

何があっても、ユーウェインがリアナを傷つけ害することはないと思っていたのに。

「な……ぜ……」

「リアナ様の忠実な僕でいるだけでは、貴女をお守りできないと悟ったからです。――いいえ、それすら詭弁(きべん)ですね。本当は機会さえ与えられれば、ずっとこうしたいと願っていたのかもしれません」

噛み合わない会話は、暗がりの中に溶けてゆく。

いつしか二人の声は大きくなっていたから、扉の外に控えている騎士に聞こえてもおかしくなかった。控えの間にいる侍女が起きても不思議はない。

それなのに誰一人異変に気づかないのか、王妃の寝室へ飛び込んでくる者はいなかった。

その不可解さに疑問を抱きながら、リアナは緩々と頭を振る。

「待って……どうしてしまったの……」

「自分の欲に、素直になっただけです」

「だったらどうして、貴方が苦しそうな顔をしているのよ！」

リアナが叫んだ言葉に、ユーウェインが瞠目した。動きを止めた彼は、明らかに動揺している。

僅かでも、ユーウェインを思い留まらせられたのを感じ、リアナは必死に言い募った。

「本当は不本意だから、悩んでいるのではないの？　もしも何者かに脅されているなら、私に話してちょうだい。きっと悪いようにはしないから——冷静になって」

普段の落ち着き払って思慮深い、優しい彼に戻ってほしい。

リアナを痛めつけるわけがない、守ると言ってくれたユーウェインに。

けれど儚い願いは、あっけなく砕かれた。

「……リアナ様は、私が圧力に屈して貴女に害を及ぼす存在だと思っていらっしゃるんですね。残念です——もう少し、信頼されていると信じていました」

「え……っ」

よもや己の一言が最後の引き金になってしまうとは。

ギリギリのところで迷っていたユーウェインの背中を押したのは、どうやらリアナ自身だったらしい。

苦悩に満ちていた彼の碧眼が濁りを増した。

整った顔立ちから完全に表情が抜け落ちると、こうも冷酷に映るものなのか。思わず惹きつけられたリアナの視線は、瞬きも許されず搦め捕られた。

「――純潔の乙女であった王妃様は、今夜で終わりです。どうぞ私の種で、孕んでください」

卑猥な言葉に意識が遠退く。

まるで現実のこととは思えなかった。ひょっとしたら、眠れないあまり夢と現が曖昧になっているのではと訝る。

けれど腫れぼったくなってジンジンと疼く唇も、拘束された手首の痛みも、覆い被さる男の重みと熱も全て、生々しい実感を伴っていた。

全て夢幻ではないと、鮮烈に告げてくる。

しかも事実を拒む心と頭とは裏腹に、身体は愛しい人に触れられる喜びを感じ始めているから厄介だった。

胸の高鳴りは、もはや怯えのせいだけではない。ときめき、心音を加速させている。

滲む汗も、興奮を示すものでしかなかった。

「ユーウェイン……？」

不用意なリアナの言葉が、逡巡していた彼の心を固めさせてしまったらしい。完全に迷いが消えた瞳が、じっとこちらを見下ろしてきた。

そこに宿るのは厳然たる決意。揺るがない意思の気配に、息を呑んだのはリアナだった。

「待って……っ」

「待ちません。――――もう充分に待ちました」

顎を押さえられ口づけられれば、深く貪られるしかない。

肉厚の舌が自分の口内を縦横無尽に暴れ回っている。それがユーウェインのものであると思えば、指先まで痺れが広がった。

「ぁ、ん……っ、ふ、は」

息を継ぐ間が分からずもがいても、逞しい腕の拘束が緩むことはなかった。逆にリアナを逃がすまいとしているのか、より強く押さえつけられる。

ベッドが二人分の体重を受けて沈み、かつてない軋みを上げた。

「ぁ……ッ、や、駄目……！」

寝衣の裾を捲り上げられ、大きな掌がリアナの脚を撫で上げる。淫猥な動きに、肌がたちまち粟立った。

ゾクゾクする。けれど嫌悪感からではない。

名状しがたい衝動が、リアナに死に物狂いの抵抗を躊躇わせた。

――――絶対に拒まなければならないのに……っ
一線を越えてしまえば、二度と戻れない。

王妃と護衛騎士として傍にいることすらできなくなるに決まっていた。自分は不貞行為を働いて、素知らぬ顔で過ごせるほど器用な女ではない。

強かになりきれず、それでいて淡い恋心を断ち切ることもできない狡い小娘でしかなかった。もしや、卑怯であった罰を今夜受けているのか。

ユーウェインを愛しいと叫ぶ心を宥めすかし、リアナは懸命に身をくねらせる。どうにかして彼の身体の下から抜け出そうと足掻けば、乱暴なキスで抵抗心を奪われた。

「んぅ……っ」

甘い。あまりに甘美で、蕩けてしまいそう。

身体の一部を触れ合わせ、粘膜を擦りつけるだけの行為が、こんなにも危険で素晴らしいものだったなんて、知らなかった。

一度味わってしまえば、逃れられなくなる。

何故なら本心では、ユーウェインとこうなることをリアナは夢見ていたのだから。考えることだけでも罪深いと自覚しつつ、それでも願望は常に胸の中にあった。

この世で最も愛する人と恋人のキスを交わせたなら、どんなに素敵なことだろう。

許されないからこそ、夢想することで自分を慰めてきた。

それが今、現実のものになっている。

口づけは、この世のものとは思えない罪深い味がした。漆黒の闇に溺れてゆく。

助けを求めるために叫ばなくてはと考える端から、リアナの抵抗は形だけのものに成り果てた。

「……諦めてくださいましたか？　良かった。リアナ様に傷を負わせる真似はしたくありません。そのまま――大人しくなさっていてください」

今から女を襲おうとしている人の台詞とは、到底思えなかった。

声も優しく、これが愛情と同意がある行為なのではないかと、錯覚する。

――もしかして全て、私が見たい夢を見ているだけ……？

何が正しいのか霞んで、夜に呑み込まれる。安眠を誘う香りが動くたびに枕から立ち上った。

馨しい花の香は、現実感を一層希薄にする。これは悪夢かそれとも吉夢か。

半身を起こしたユーウェインが騎士服を脱ぎ捨ててゆくのを、リアナは呆然と見上げることしかできない。

禁欲的で誠実さの象徴だった服が一枚ずつ剝がれれば、その下から現れたのは目を見張るほど見事な『男性』の肢体だった。

「や……っ」

「――ああ、リアナ様は男の裸を見るのは初めてですか？　ではどうぞ、その目に焼き付けてください。貴女の初めてを奪うのが誰なのか、しっかり思い知りながら」

「何故、意地の悪いことを……っ」

咄嗟に目を覆った自身の手を顔から引き剝がされ、リアナはぎゅっと瞳を閉じた。だが瞼に口づけられ、耳朶を食まれては、驚きで刮目せざるを得なくなる。

「大事なことでしょう？　それに、貴女だけを裸にするのは流石に申し訳ないと思うからこそ、私も裸身を晒しているのです」

気を遣ったのだと言わんばかりの言い草に、虚を衝かれた。

もしリアナのためだと欠片でも考えているのなら、やめてほしい。どこを見ればいいのか分からず、まともに呼吸すらままならない。

いくら目を逸らそうと試みても、彼の肉体美は眼裏に焼き付いてしまった。張りのある肌の艶も、盛り上がる筋肉の造形美も、引き締まった腰の括れまで。

何もかも、これまでリアナが知らなかったものだ。きっとこれから先も知る機会は来ないと思っていた。

それをまざまざと見せつけられ、混乱の極致にある。いっそ叫び出したいのに、震える喉は役立たずだった。

「――失礼いたします」

胸元のリボンを解かれ、大きく襟ぐりを開かれた。肩から鎖骨が露になり、空気の流れを肌に感じる。

布越しに乳房を掴まれれば、リアナは全身を強張らせた。

「やめ……っ」

「暴れないでいただけますか？　縛って貴女の手首を傷つけたくない」

つまりこれ以上拒めば、ユーウェインはリアナの両手を戒めるつもりがあるということだ。そんな扱いをされたことは当然なく、問答無用で心が委縮する。

しかしルクレティアに打擲（ちょうちゃく）されるのとは、またわけが違う。ユーウェインの脅しは、心なしか淫らな誘惑も伴っていた。

「ひ、酷いことをしないで……」

「――それはお約束できません。今から私がすることは、きっと清廉なリアナ様を苦しめる。ですから――憎んでいただいて結構ですよ」

憎めばいいと漏らす唇で柔らかなキスを施され、リアナの気持ちは乱高下した。

触れる手の熱さと強引さ、それでいて最大限の配慮がされているような力加減。辛辣な言葉の数々に、思いやりの滲む声。

相反するそれらが、リアナを惑乱させる。

これまで共に育ったユーウェインと、印象が違いすぎる男のどちらが本物なのか、分からない。

何を信じればいいのか曖昧になり、結局無為に睫毛を震わせるのが精一杯だった。

「ひ……っ」

乱されていた寝衣を脱がされ、下着も奪われれば、生まれたままの姿になる。肌が直接他者と触れ合う感覚が、半ば呆然としていたリアナの意識を引き戻した。

熱くて、硬い。

女のものとは違う触感が性差の違いを突きつける。それはそのまま、罪深さの象徴でもあった。

「いけない……っ、ユーウェイン……！　こんなこと、か、神様がお許しにならないわ」

「どれだけ願っても祈っても、何一つ与えてくれなかった神に、いったい何を望みますか？　そんなものが本当に存在するなら、とっくの昔に私を救ってくれたはずです」

嘲笑う彼の唇は、歪な弧を描いた。

――貴方は、私の前では何も気にしていないそぶりを見せてくれていたけれど、本当はずっと辛かったの？

これまでユーウェインが自身を憐れみ嘆くのを聞いたことがない。いつだって彼は、誇り高く背筋を伸ばしていた。

両親の名前が明かされなくても。貴族の子息であれば当たり前の権利を手にできなくても。

関係ないとばかりにひたすらリアナに尽くしてくれた。だが実際には苦しんでいたのだろうか。

欠片も思い至らなかった自分の浅はかさに辟易する。誰よりユーウェインの傍にいたのは、リアナ自身なのに。

「――安心なさってください。全ての罪は私が被ります。許されないのは、私だけ。リアナ様は何一つ悪くはありません」

それがどういう意味か問う前に、男の指が白い肌を辿り、愉悦が刻まれた。汗ばむ皮膚は、線を描かれた場所が発火しそうになっている。

リアナが浅い息を吐くと彼が双眸を細めた。

「恨みも呪(のろ)いも、怒りも全部、私だけに向けてください」

負の感情であっても、全てが欲しいと乞われている心地がし、眩暈がする。きっと錯覚でしかないのに。

強い想いは、さながら恋慕(れんぼ)に似ている。

ただ一人の人を思うだけで心音が乱れ、姿を見れば目が惹きつけられる。名前を聞けば考えずにはいられない。

頭の中はその人で一杯。下手をすれば一日の大半を囚われることにもなる。

愛でも、憎悪でも。

それを分かった上で言われている気がして、束の間リアナの思考が真っ白になった。

青い瞳がまっすぐ見下ろしてくる。

瞬くたびに距離が縮まり、再び濃厚な口づけを施された。

「――――ぁ……」

　もうキスを拒絶することすら忘れていた。

　鼻を擦り合わせ、舌を伸ばすことを求められても、抗えない。抗いたくなかった。

　考えることを放棄して、欲望の虜になる。

　ユーウェインの手が直に乳房を摑み揺らしても、リアナは黙って受け入れた。その手が腰を通過し、脚の付け根へと向かっても。

「ん、ん……っ」

　下生えを掻き分けた指先が、卑猥な肉芽を探り当てた。そこは既に膨らみを帯び、触れられることを待ち望んでいたかのように硬くなり始めている。

　微かにユーウェインの爪が掠めただけで、リアナは四肢を戦慄かせた。

「……ぁ、あッ」

「ああ……少しだけ濡れていますす。リアナ様のここは、私を嫌っていないようで安心しました。それとも、期待してくれていましたか？」

「ち、違……っ」

　何に対しての否定なのか判然としないまま、リアナは涙目で頭を振った。

　彼の手を阻もうとしても、身体が意思に反して動かない。拒まねばと頭は判断を下すのに、連動しない手足がバラバラになってしまったかのようだ。

いった。

ラベンダーの香りが広がって、闇が色づく。黒一色だった世界を淫靡な色彩が染めていった。

――駄目なのに……っ

慎ましさをなくした花芯を扱かれると、理性が食い荒らされてしまう。何度己を律しようとしても、ユーウェインを押しのけることはできなかった。

その間に首や胸に吸い付かれ、刹那の痛みを刻まれる。幾度も落とされた彼の唇は、リアナの内側に劣情の火を灯した。

「は、ぁ……っ」

くちくちと淫音が下肢から奏でられる。内腿をとろりとした滴が伝い落ちる感覚があった。

「大声で助けを呼ばないのは、ご自身のあられもない姿を見られたくないからですか？それとも――私を庇うおつもりですか？」

そんなこと、答えは決まっている。後者でしかない。だがそれを告げる暇もなく、ユーウェインの指先が花弁の内側に沈められた。

「ひぁ……っ」

初めての異物感に、体内が甘く収斂した。

僅かに引き攣れる痛みはあるものの、それを上回る疼きが生まれる。男の指先が緩く往復するたびに濡れ襞が擦られ、得も言われぬ喜悦を呼び覚まされた。

「——答えなくて結構ですよ。私も……少しくらい夢見ていたいので。それにどちらにしても、誰もこの部屋に入って来やしません」

リアナの晒した喉へ触れた彼の唇が、微かに震えていると思ったのは気のせいだろうか。涙の膜が張った瞳では、よく見えない。そもそも暗闇が濃すぎて、全てがもどかしく隔たれている。

リアナが空中に伸ばした手は、何も摑めずに虚空をさまよった。

その手を。

ユーウェインの左手が優しく包み込んできて、深く指を絡ませられ、シーツの上へ戻された。押さえつける動きとは違い、どこまでも丁寧に優しく。

瞬間、落ちた沈黙に胸が痛いほど引き絞られた。

「——私を、許さないでください」

「あ、あ、ア……ッ」

内壁を摩擦する指の動きが激しくなる。粘度のある水音を響かせ隘路を掻き回されると、下腹の奥がきゅうきゅうと戦慄いた。

せり上がる悦楽に流されて縋るものを求めたリアナは、握られた右手に力を込める。すると彼が感嘆に似た息を漏らした。

「もっと乱れてください。今夜だけでも何も考えずにすむように」

「や……っ、ぁ、あ、駄目……ッ、何か、変なの……！」

「変ではありません。リアナ様のお身体はとても悦(よろこ)んでくださっている。ほら、お分かりになるでしょう？　こんなに溢れさせて……」

「……っ？　や、嫌……！」

　太腿を大きく開かれたと思えば、リアナの尻が敷布から浮き上がった。

　両脚をユーウェインに抱え上げられただけでも衝撃的なのに、脚の付け根に彼の顔が寄せられたからたまらない。

　いくら闇が深くても、これだけ接近すれば見られてしまう。リアナにとって秘めるべき、不浄の場所が。

「やめて、ユーウェイン……！」

「リアナ様らしい、清楚で綺麗な蜜口ですね」

　聞きたくもない感想を述(の)べられて、頭が沸騰(ふっとう)するかと思った。

　夫にだけ許すべきことを、恋人でもない男に強いられている。姦淫(かんいん)の罪の重さにリアナは全身を震わせた。

　しかも自分はこの国の王妃だ。万が一子を孕んでしまったら、いったいどうなってしまうだろう。

――ロードリック様でなく……本当に愛する人との子を……

その刹那、罪に慄いていたはずのリアナの心に灯った感情の名を、口にすることは絶対にできない。

それは、恐怖でも嫌悪でもなかった。

眩いばかりの感激と喜び。それ以外、何も思いつかない。

躍ってしまった心の醜さに愕然とし、リアナの眦を幾筋も涙が伝った。懸命に封じ込めようとしてきた気持ちが溢れて、制御がきかない。

貪欲で身勝手な本心は、一度解放されてしまえば肥大化する一方だった。

――愚かなのは、私……

内腿を食まれ口づけられれば、うねる快感がより強くなる。ユーウェインの髪が肌を擽り、掻痒感すら愉悦の糧になった。

汗で滑るせいか、それともリアナを逃がさないためなのか、彼の指先がこちらの肌に食い込むほど力強く両脚を抱えている。

滾る吐息が秘裂に吹きかけられ、リアナは濡れた声を漏らした。

「……ぁあ……っ」

指とは異なるものに肉芽を転がされ、爪先に力が籠る。柔らかく湿った、それでいてざらつく舌に翻弄され、腰がビクビクと痙攣した。

気持ちがいい。けれど怖い。

未だ罪悪感が、リアナを責め立てる。ユーウェインを受け入れたいと願うほど、罪の意識は育っていった。

「それ、駄目……っ、ぁ、あッ」

舌全体で押し潰されたかと思えば弾かれて、唇で圧迫されて口内に吸い上げられる。合間に硬い歯の感触が触れ、甘噛みされるともう、声を抑えるのは不可能だった。

しかも淫路に再び指を差し込まれ、ゆったりと蜜洞を捏ねられる。

性的な快感に疎いリアナは、成す術なく悶えることしかできなかった。

「んぁッ、も、……ひ、ぁあっ」

「素直で愛らしいお身体です。――顧みることがなかった陛下に、感謝したい」

悦楽で粉々になりそうだったリアナの耳に届いた『陛下』の言葉が、なけなしの理性を引き戻す。

人妻である己の立場を思い出して必死に脚を閉じようと試みた。しかし間にはユーウェインがいる。どう足掻いたところで、彼の顔を太腿で挟む程度の抵抗にしかならなかった。

「ユーウェイン……っ、私には夫がいるの。ロードリック様を裏切るわけには……っ」

それはひいては、国を裏切ることになる。彼を王妃と密通した大罪人にしないため、リアナは最後の拒絶を口にした。

だがそんな悪足搔きは、逆効果でしかなかったらしい。

「――他の男の名前を呼ばないでください」

澄みきっていた碧の瞳が昏く濁る。暗闇の中、不思議とそれだけはハッキリと見て取れた。

ギラギラと底光る双眸は、普段のユーウェインからは考えられない。危険な男そのものの気配に、リアナは喉を詰まらせた。

「貴女の純潔を奪うのは、私です」

「それだけは、駄目……っ」

陰唇に硬いものが擦りつけられる。それが何であるか、流石に悟れないわけもない。これでも一応嫁いだ身だ。

一度も活かされたことはないけれど、花嫁教育は受けている。閨で何が起こるかも、しっかりと教えられてきた。

「はぅ……っ」

ユーウェインの楔の、膨れた先端と括れた部分に花芯を嬲られ、淫悦が増幅する。にちゃにちゃと聞くに耐えない淫らな音が、二人きりの空間に滲んでいった。

互いの荒い呼吸音が響き、ますます浅ましさを強調する。

今ならギリギリ引き返せると思うのに、リアナの媚肉は期待に打ち震え、蜜をこぼしていた。

早くちょうだいと、淫蕩にも花弁を綻ばせ、雄を誘う芳香を漂わせて。

心と身体がバラバラになり、自分でももうどうすればいいのかが分からない。何も考えられず無意識に動かした手が落ち着いたのは、彼の背中だった。

「リアナ様……っ」

「あ、ぁああ……ッ」

長大な質量が淫道を抉じ開けた。無垢な肉壁が異物に驚いて、排除しようと蠢く。処女地に突き立てられるには大きすぎるユーウェインの屹立がじりじりと侵入し、リアナは奥歯を噛み締めて激痛に耐えた。

初めては苦痛を伴うと聞いていたが、これほどとは。愛している人との行為でも辛いのに、これがもし情すら抱けないロードリックが相手であれば、リアナはどれだけ苦しさを味わっただろう。

考えたくもない『もしも』に、背徳的な感情が首を擡げる。

どんな思惑があったにしろ、ユーウェインが自分の初めてを奪ってくれて嬉しい。他者に顔向けできない罪を犯したのだとしてもかまわない。

無我夢中で縋りついた背中は逞しく、痛みに喘ぐリアナを広い胸が包み込んでくれた。鼻腔の奥に愛しい香りを吸い込んで、視線で求めた口づけは焦らされることなく与えられる。

　彼がリアナの肩や腕を摩ってくれ、強張りが解けていった。

「……ぁ、あ……」

「……これで、今だけはリアナ様は私のものです」

　――永遠に貴方のものにはしてもらえないの……？

　いっそ縛りつけてくれたらいいのに。どこにも行けないよう拘束し、閉じこめてほしい。口先だけの拒絶も吐けないくらい、雁字搦め（がんじがらめ）にしてくれたなら。

「駄……目……っ」

　ぴったりと互いの腰が重なっても、卑怯な自分は心を決めかねていた。

　罪を犯す後ろめたさは勿論、ユーウェインを巻き込みたくない葛藤がせめぎ合う。

　ずっと一緒にいてほしいと自ら願ったものの、同じ地獄に落ちてほしいとまでは望んでいなかった。

　おそらくリアナは、ユーウェインに本気で愛する人が現れれば、彼を手放すつもりでいた。

　どうせ結ばれることがないのなら、せめて彼だけは幸せであってほしい。

　自分は王宮という籠の中から飛び立てない。一時だけでもユーウェインを独占し、傍に置きたいと我が儘（わがまま）を言ったが、彼が誓いを立ててくれただけで充分だった。

　その想いが伝えられる日は、きっとこの先永遠に訪れない。

もう、何もかもが手遅れだ。全ては無意味なものに成り果てた。

体内に収められた剛直がリアナを内側から圧迫する。喰らわれているのは自分か、それとも罪人に落としてしまった彼の方か。

――――何も、分からない。

心の奥が粉々に砕ける音を聞いた。

動き出したユーウェインに揺さぶられ、あらゆるものが遠退いてゆく。リアナの蜜路は卑猥な音を奏でながら彼を咀嚼した。

とても美味しそうに。愛しいと叫ぶように。

痛みは相変わらずあるのに、奥から快感が生まれ出る。蜜壺を擦られ、花芽を摘まれ、乳房を吸われれば、より快楽が増した。

夫のいる身であることも忘れ、淫悦の海に溺れてしまう。

「……ぁ、あッ、んぁ……ぁあぁ……っ」

「ああ、ここがお好きですか？　では思う存分、味わってください……っ」

「や、ぁああッ」

最奥をグリグリと抉られ繰り返し穿たれれば、蜜液がとめどなく溢れ出す。まだ硬い隘路も、拙いながら歓迎の意を示した。

他でもないユーウェインの子種を求めているのは明白。形だけの拒否も紡げなくなったリアナの唇は、だらしない喘ぎのみを漏らし続けた。

共に汗を飛び散らせながら、同じ律動を刻む。

ベッドが軋み、見慣れたはずの天井が見知らぬものに思えた。何よりも、リアナの上で腰を振る彼は本当に自分の知るユーウェインなのか疑問を抱く。

優しくて、頼りになる、心から愛する人。自分を妹のように慈しみ、惜しみない誠意を捧げ、守ると忠誠を誓ってくれた人と同一人物とはとても思えなかった。

けれど、それでも。

「ユーウェイン……っ」

誰よりも愛している。

他には誰もいらない。

――だから神様、断罪するならどうか私だけを。

贖(あがな)いが必要ならば、十字架を授けるのはリアナだけにしてほしい。

祈りのために組み合わせなければならない手は、依然として彼の背を掻き抱いたまま。離れないでと言えない代わりに、リアナは強く爪を立てた。

「リアナ様……っ」

感極まった声で名前を呼ばれ、耳から溶け落ちそうになる。このまま二人でドロドロに混じり合ってしまいたいと願いながら――リアナは意識を手放した。

3　二度と神には祈れない

静まり返った礼拝堂の中、跪き首を垂れる者は、リアナ以外誰もいなかった。

冷たい空気が肌を刺し、圧倒的な静寂が耳に痛い。

それはそうだ。時刻は既に深夜を回っている。

ほとんどの者は、深い眠りについている刻限。虫や動物も安らかな眠りに落ちているのが当たり前。

こんな時間に活動しているのは、普通は警備の者や酒場に集う輩、娼婦(しょうふ)くらいだ。

しかしようやく一人になれたリアナは、今しか礼拝堂に来られる時間を作れなかった。

今日も、宰相を交え今後の相談をした。それこそ早朝から日付の変わった先ほどまで。

医師や治療法、薬を掻き集めて、どうにかロードリックを回復させられないかと奔走した。

しかしどれも劇的な成果を上げられたとは言い難い。

彼の意識が戻らないことには、辛うじて安定している容体も、いずれ弱ってゆくとのことだった。

動かなければ筋力が落ちる。食べなければ栄養不足に陥る。医師らが二十四時間付き添って手を尽くしても、限界はあった。

そうでなくてもルクレティアが戻れば全ては瓦解する。

――それまでに、何とか……っ
「――こんなところにいらっしゃったのですね、リアナ様」

背後からかけられた声は、振り返らなくても誰のものかが分かった。

皮肉なほど、聞き慣れてしまった男の声。かつては安らぎを与えてくれ、今では緊張を強いるものだった。

「ユーウェイン……」

「本日昼の警護を任せていた騎士から貴女が部屋にお戻りではないと聞き、探しておりました」

「……私の部屋とこの礼拝堂は直接通路で繫がっているから、心配しなくても大丈夫よ」

「ええ、勿論存じております。ここは王妃様専用の祈りの場ですから。ですがリアナ様をお一人にするわけには参りません。ご用事が終わったら、お送りいたします」

リアナのすぐ後ろで立ち止まった彼が放つ重苦しさに、息が詰まった。振り返れず、乾いた喉を喘がせる。

声が裏返らないよう気をつけるのが、せめてもの矜持だった。

「……一人にしてほしいの」

「できかねます」

大罪を犯してしまった日から五日。表面的にはこれまで通りの日常が流れている。

リアナは王妃としての公務の傍ら、ロードリックを救う方法を探していた。

そして同時に――

「……それ以上、近づかないで」

衣擦れの音さえ煩(うるさ)く反響する礼拝堂で、相応しくない鋭い声をリアナはあげた。

背後で一歩、ユーウェインが踏み出す気配を感じたためだ。

「……何故でしょう？　あまり離れていては、いざというときにリアナ様をお守りできません」

わざとらしく問い返され、彼が首を傾げていることまで予想できた。

微かな物音で、そこまで感じ取れる自分が厭(いと)わしい。それだけ、ユーウェインに意識を持っていかれている証拠に他ならなかった。

呼吸音すら躊躇われる静寂の中、心音が鳴り響かないことが不思議だ。

怯えていることを悟られたくなくて、リアナはそっと服越しに胸を押さえた。

「言ったでしょう。ここと私の部屋は直接繋がっているから、護衛は必要ないと」

五日前の悪夢の夜から、リアナとユーウェインは毎晩肌を重ねていた。

当然、そのたびに拒んだ。

一度は流されて受け入れてしまったものの、やはりこれ以上罪を重ねるわけにはいかない。回数を重ねるほど、いつかは露見してしまいかねない重罪だ。

そのときに彼に罪を背負わせないため、何としてもリアナは気の迷いの過ちにしなければならなかった。

自分さえ全てを胸に秘め口を閉ざせば、きっと秘密は守られる。誰にも知られなければ、何もなかったのと同じこと。

あの夜の出来事は愚かな女が見た夢でしかない。夫が大怪我を負い、生死の境をさまよっている衝撃で、精神に一時的な変調をきたしただけだ。

だがリアナがいくら自分を納得させ己を騙そうとしても、ユーウェインが許してくれなかった。

あれから毎晩、彼は王妃の寝室に忍んでくる。

扉の前を守っているはずの騎士も、控えの間にいるはずの侍女も素知らぬ顔だ。誰一人、何も言わずあまりにもいつも通りだった。

ひょっとしたら、部屋の中で何が起きているのかを知らないのか。それともユーウェインに言い包められているのかは謎だが、どちらにしても今のところ二人の不貞は他者に漏れていなかった。

それを喜ぶべきなのかどうかは判然としないけれど――

知られてしまえば、揃って命を失う可能性が高い。

けれど秘密が守られたままなら、歪な関係は咎められず、終わることもなかった。いつか清算しなければならなくなる、その日まで。

――ユーウェインをこれ以上堕落させたくない……

だからこそ、過ちを犯させまいとリアナは勢いよく立ちあがり、振り返った。

「私に近づくなと言ったはずよ。一人で平気――」

すぐ目の前に、彼の胸板がある。予想よりも至近距離に立たれていて、思わず後方によろめいた。

するとごく自然な動作で、ユーウェインに腰を抱かれる。

「説得力がありませんね。リアナ様は存外危なっかしい」

耳を擽る甘く低い声にゾクゾクと悦が走る。思わせぶりに親指で頬を摺られ、余計に肌が粟立った。

「やめなさい……！」

今夜こそ、浅ましい行為を拒まなければ。完全に拒絶し、彼を遠ざけなければならない。

そのために部屋に戻らず、こうして礼拝堂に逃げこんだのだ。

仮にユーウェインが忍んできたとしても、ここでなら淫らな真似ができるわけもない。

神の見守る神聖な場所が、リアナを守り勇気を与えてくれると思った。

「何を祈っていらしたのですか？　もしや悔いていらっしゃる？　私を受け入れ、子を孕んでしまったかもしれないことを。それとも――陛下の回復でしょうか。そんなにあの方が心配ですか？」

「やめてと言っているでしょう……！」

彼の指先を振り払った手が痛い。

ジンジンと疼き、熱を帯びている。それだけ強く叩いてしまったのだと思うと、罪悪感が刺激された。しかし後悔するそぶりは見せられない。

ここで怯めば、全て台無しだ。

ズルズルと不実な関係を継続することになってしまう。今夜こそ完全に断ち切るつもりで、リアナは眼差しに力を込めた。

だが何よりもリアナを動揺させたのは、彼の言葉だ。

確かにリアナはロードリックが回復してくれることを祈っていた。しかし心配だからかと問われれば、少し違う。

案じていたのは夫自身というよりも、彼を喪ったプロツィア国と民のこと。それは妻が伴侶へ向ける純粋な感情には程遠い。

己の薄情さを指摘された心地がして、リアナは激しく狼狽した。

――もしかしてユーウェインは、こんな醜い考えを持つ私を、主とは認めたくないからあんなことを……？

思い至った考えに、ゾッと背筋が震えた。

彼に軽蔑されているのだと思うと、足が震えそうな絶望感が込み上げる。誰にどう思われても耐えられるけれど、ユーウェインにだけは見放されたくないと切に願った。

女として愛されないなら、誇り高い主でありたい。仕えるのに相応しい主君であることだけが、これからも共にいられる道だと信じていたのに。

――私が汚らわしい女だから……王妃として失格だから、貶めてやろうと……？

足元が崩れる幻覚が見えた。

荘厳な意匠の礼拝堂は、いつもひんやりとした空気が漂っている。今夜は特に寒さが肌を刺し、リアナは自らの肩を抱いた。

「私は……っ、この国の王妃よ」

自分でも中身のない、空っぽの台詞だと失笑したかった。

口にした直後から、空々しさにうんざりする。リアナ自身、その地位を持て余し、叶うなら放り出したいと願っているのに、何を言っているのか。

心の伴わない言葉で、ユーウェインを思い留まらせられるわけがない。

彼は冷笑を刷いた顔貌を、ぐっとリアナに近づけてきた。

「今更何をおっしゃっているのですか？　ですから、リアナ様には次代の王を産んでもらわなければならないのに」

「……っ、それを言うなら、ロードリック様の血を引いていなければ意味がないでしょう……っ！」

王家の血筋を守れと言うなら、それはリアナでは役不足だ。

確かにクラレンス公爵家は遡れば王家に連なる。つまりリアナ自身も僅かながら血を引いていると言えなくもなかった。

けれど直系であるロードリックを差し置いて、しゃしゃり出られるほど濃い血筋ではない。

それどころか先王の甥と従兄弟の方がよほど直系に近いはず。だが彼らには後継者がいない。更に他の王族は全員他国に嫁いでいるか、若いうちに命を落としていた。

言ってみればロードリック以外、玉座に座るべき人間は他にいないのだ。

王家の血云々を語るのなら『リアナが産めばいい』というのは、あまりにも暴論だった。

「それに、ロードリック様はまだ生きていらっしゃるわ……！」

空虚なリアナの言葉に、ユーウェインの口の端が歪に吊り上がる。笑顔と呼ぶには陰惨すぎて、悲鳴に似た音がリアナの喉奥に絡んだ。

咄嗟に後退ろうとしたが一瞬遅く、手首を取られる。背の高い彼にそのまま腕を上げられると、リアナは爪先立ちにならざるを得なかった。

「は、放して……っ」

「確かに生きていらっしゃいますね。辛うじて呼吸しているだけですが」

「……っ、何てことを……」

ユーウェインが敬うべき国王へ冷酷な物言いをしたことが、とても信じられない。そもそも怪我人に対して思いやりがなさすぎる。

そんな人ではないはずなのにと、混乱しつつもリアナは彼を見上げた。

「不敬罪で罰せられたいの？　誰に聞かれているかも分からないのに……！」

「おや、私の心配をしてくださるのですか？　けれど不敬罪よりももっと重い罪を犯した身としては、今の言葉を誰かに聞かれたところで些末なことです」

「……っ」

啞然としたのは、彼がまるで王妃との密通すら他者に知られてもかまわないと言わんばかりだったせいだ。

この礼拝堂は、基本的にリアナしか使わない。その上こんな刻限なら、他に出入りする人間はいないだろう。

しかし、絶対に安全とも言えなかった。

どこにルクレティアの息がかかった者や、リアナに反感を持つ者が潜んでいるかは不明だ。警戒するに越したことはない。

それなのにあっさりと二人の関係を匂わせたユーウェインに、リアナは驚愕を隠せなかった。

「ユーウェイン……いったい貴方、どうしてしまったの……？」

「――さぁ。自分でも分かりません。ただリアナ様を守るためなら、どんなことでもするつもりです」

言っていることとやっていることがめちゃくちゃで、耳を疑う事態の連続だった。

爪先立ちになった足が、不安定によろめく。すると腰を浚われて、リアナは逞しい腕に抱きしめられていた。

「駄目よ……！　ここをどこだと思っているの……っ？」

「王妃様専用の礼拝堂ですね。――ああ、役立たずの神が見ている」

視界の端に見事な彫刻が映った。神の象徴や天使、聖人らを模ったそれらは、沈黙してリアナたちを見下ろしてくる。

優しい微笑みを浮かべ、慈愛に満ちた眼差しで、罪を見逃すまいと。

「こんな神聖な場所で……っ、神様を冒瀆するつもりなの？」

「貴女を守ってくれない神ならいらない」

ユーウェインの瞳の色が心なしか濃くなった。いや、五日前からずっとそうだ。おそらく他人には分からない程度の変化でも、長年彼のことだけを見つめてきたリアナには変化が感じ取れた。

溺れてしまいそうな底知れなさが漂っている。澄んでいた色は濁りきったわけでもないのに、限りなく漆黒に近づいた気がした。

「……罰を受けるわ……」

「リアナ様が与えてくださるなら、喜んで受けましょう」

男の唇が下りて来て、リアナは咄嗟に顔を背けた。だが顎を摘まれ上向かされて、強引に口づけられる。

すぐさま入ってきた舌に口内を探られ、唾液を混ぜ合う水音に耳から犯された。

「ん、ぁ……っ」

これがもしユーウェイン以外が相手であったなら、リアナはおそらく迷うことなく歯を噛み締め、死に物狂いで抵抗しただろう。易々と抱きしめられることもなかったはずだ。けれど彼に傷を負わせたくないあまり、ただ身を捩ることしかできない。非力な自分では仮に全力を出して暴れたとしても、ユーウェインを押しやることも叶わないのに。

軽々と身体を持ち上げられてリアナの両足が宙に浮き、浮遊感に慄いて、思わず彼の腕を摑んでしまう。見つめ合った視界には、お互いしか入っていなかった。

「リアナ様が罰を受けることはありません。全て代わりに私が引き受けます。ご安心を。ですから――今宵も私に一時の夢を見させてください」

「いや……っ」

押し倒された床は石造りで、冷え冷えとしていた。だがいつの間にかユーウェインが己のマントを敷いていたらしい。

王家に仕える上級騎士の象徴ともいえる、黒地に金糸で刺繍が施された、厚みのあるもの。誉れ高きそれは、剣術を志す者ならば誰しも一度は憧れる。

そのマントが、リアナの身体の下に広げられていた。

「あ……っ」

彼の矜持とも言えるそれを踏みにじってしまった心地がし、リアナは慌てて身を起こしかけた。しかし肩を押さえられ、動けない。

戸惑う視線をユーウェインに向ければ、彼は苛立たしげに眉を顰めた。

「――逃がしませんよ。礼拝堂を選んだのは貴女でしょう？　寝室で待つのは、早くも飽きてしまいましたか？」

「待ってなんていないわ……！」

さもリアナが寝室ではなくここで抱かれたいと望んでいるかのように言われ、眩暈がする。いったい自分はユーウェインにどんな人間だと思われているのか。

つい先日まで彼に関して分からないことなどないと自負していたのに、今は全て幻だったとすら感じた。

こんな風に苛烈な眼差しをする男は知らない。

熱い掌で、リアナを辱めてくる男のことも。

ドレスを乱され焦りもがいても、屈強な騎士の力に抗えるはずもなく、たちまち卑猥な格好にされてしまった。

それも完全に脱がされたのではなく、中途半端に残った衣服が、余計に背徳感を補強する。貞淑な王妃のドレスは無残に着崩され、さながら娼婦のようだった。

白い肌は上気して、暴れたせいで息が乱れている。きっちりと結っていた髪は解け、汗ばんだ肌に貼りついた。濡れた双眸を瞬けば、男を誘惑しているのも同然でしかない。

静まり返った礼拝堂で、リアナの荒い呼気が耳を打った。

「こんなことは……もうやめて……っ」

「――そんなにお嫌でしたら、一日も早く私の子を孕んでください」

「あ……っ！」

平行線の会話は、口づけで打ち切られた。

剥き出しの乳房に触れられ、靴を履いたままの爪先が丸まる。心を裏切ったリアナの身体は、すぐに熱を上げ淫らに潤んだ。

「や、ぁ……っ」

胸の頂が硬く尖り、早く触れてと強請っている。朱に染まった淫猥な飾りは、敏感に快楽を拾った。

ユーウェインの手で形を変えられる柔肉が視界に飛び込んできて、ゾクゾクと愉悦が走る。漏れ出そうになる卑猥な声を押し戻し、リアナは懸命に首を横に振った。

「お願い、やめて……！」

彼は常にリアナの『お願い』を聞いてくれた。ロードリックとの結婚が決まり、王宮に入らねばならなくなったときでも、何も言わず護衛騎士として付き従ってくれた。

時には言葉にできない望みだって、先回りして叶えてくれたこともある。

だが今は、冷笑一つで懇願は跳ね除けられた。

喰らわれる。何もかも。骨も残さず呑み込まれてしまう。自分を傷つけるはずがないと心から信頼していたユーウェインに裏切られた恐れが、リアナを絶望に突き落とした。

覆い被さる男の影に閉じこめられ、床に貼り付けにされた気分になる。

スカートを捲り上げられ晒された太腿は、小刻みに震えていた。

「……寒いですか？」

「え」

場違いな問いかけに、一瞬頭が混乱した。

質問の意味が理解できず、リアナは数度瞬く。何を言われたのか理解できず、瞳を揺らした。

「石の上は冷えるでしょう。失礼いたしました」

床に敷かれていたマントごと抱き起こされ、下ろされた先は座った彼の脚の上。胡坐をかいたユーウェインの太腿を跨ぐように座らされ、リアナは一層思考停止した。

「何故……」

「リアナ様が風邪をひかれては、大変ですから」

自分の言うことなど全く聞いてくれないのに、どうして身体を気遣ってくれるのだろう。それも、こちらからは何も言っていない。けれど縺れた髪を梳いてくれる手は、どこまでも優しかった。

――昔のユーウェインと一緒……

こんな風に宝物の如く扱われては、尚更どれが本物の彼なのか分からなくなる。

懐かしさに似た切なさがリアナの胸を刺し、涙腺が緩んだ。

一筋こぼれた涙が頰を伝う。その滴を、ユーウェインが舌で舐め取った。

「貴女を泣かせるものはこの世から排除したいのに、私自身が原因だと思うと、喜びもあるから厄介ですね――」

「何を……」

「こちらの話です。お気になさらず。そんなことよりも、不要なことは考えないでもっと快楽に溺れてください」

「……ぁッ」

尻を摑まれ、太腿に彼の剛直が押し当てられた。それは既に騎士服の下で猛々しく硬くなり、存在を主張している。布越しの感触でさえ、淫蕩で生々しかった。

「や、ぁ、あ……っ？」

花芯をユーウェインの中指に捕らえられ、くりくりと転がされる。敏感な淫芽が膨れ、更なる悦楽を欲しがった。

立ちあがって逃げなければと指令を下す頭とは裏腹に、身体は虚脱して動けない。尻に感じる彼の太腿の逞しさが、不本意ながらリアナの劣情を刺激した。

「駄目、駄目よ……ッ、こんなことは間違っている……！」

「間違っているのはリアナ様ではありませんから、大丈夫です」

何一つ安心できない台詞に、リアナは嬌声を嚙み殺した。二人の声が礼拝堂に反響する。誰も来ないと思っていても、響く声の大きさに慄いた。

――ああ、見られている……

命の宿らない彫刻や絵画の視線が、自分たちに集中している心地がした。

静謐な眼差しの全てが、罪を犯す二人に注がれている。慈愛に満ちた微笑は今や、罪人を嘲笑うものでしかない。

口先だけの拒絶を示すリアナを蔑み、神の鉄槌を下す瞬間を図っているように。

「……んぁッ」

蜜窟を探る指が二本に増やされ、内側でバラバラと蠢いた。

肉襞が擦りたてられて、蜜が溢れる。仰け反った拍子に胸が揺れ、乳嘴をユーウェインに舐められた。

「ひ、ぅあ……っ、ぁ、あ……放して……っ」

背骨に沿って撫で上げられれば、震えが指先まで伝わる。下ろした髪が瞳にかかり鬱陶しいと感じていると、彼がそっと横に流してくれた。

「リアナ様は昔から素直でいらっしゃいましたが、身体も同じですね。もう私の指をしゃぶることを覚えてしまわれた」

「おかしなことを、言わないで……っ」

嘲る言葉と親切な態度が連動せず、心が乱される。ただジンジンと疼く体内の熱は、溜まってゆく一方だった。

発散する方法は一つだけ。けれど求めてはいけない。

渾身の力で、リアナは立ちあがろうと試みた。

「強情な面があるのも、相変わらずだ」

「あぁッ」

強めに肉芽を摘まれ、痛みと快楽が拮抗する。だがすぐに悦楽へと振り切られた。濡れ襞を摩擦され、蜜液が掻き回される。

くちくちと淫音が下肢から奏でられ、同時に乳首を甘噛みされた。

「はぁ……っ、や、ぁあ……っ」

纏わりつくドレスが、リアナを戒める鎖の如く重くて仕方ない。脚を覆い隠すスカートの下は、とても卑猥なことになっているだろう。

生温い滴が腿を伝い落ちるのが、見なくても分かった。

このままでは礼拝堂を穢してしまう。二度とここで祈りを捧げることが叶わなくなる。いくら何でも、今後何食わぬ顔で神に祈る勇気はリアナにはなかった。

「いやぁあっ」

喜悦が飽和(ほうわ)する。理性と欲望がせめぎ合い、それがまた愉悦を掻き立てる悪循環。罪悪感に呑まれるほど、貪欲になってゆく自分がいた。

人の欲には際限がない。一つ手に入れればその次が欲しくなる。そうしてもっともっとと果てしなく求め続けるのだ。

――ただ傍にいてほしかっただけなのに……

ユーウェインの肩にしがみ付いたまま達したリアナは、甘美な背徳を飲み干した。手を伸ばさずにはいられない。

禁断の果実は中毒性がある。摂取し続ければ害を及ぼすと分かっていても尚、手を伸ばさずにはいられない。

くったりと虚脱し、彼の身体に寄りかかるリアナは、身体を持ち上げられても抵抗できなかった。

思考力が消え失せ、何も考えたくはない。このまま泥の中で溺れてしまいたい。

どうせもう、自力では這い上がれないほど深淵に沈んでいる。今更どう足掻いても、元の場所には戻れないのだと思った。

「指では物足りないでしょう？」

「……ぁ、あ……」

ずぶずぶと肉の楔が泥濘に埋められてゆく。何の抵抗もなく腹の奥までユーウェインの屹立が突き立てられた。

僅か五日前には苦痛を伴った行為が、今はめくるめく快感でしかない。

狭い淫路を限界まで広げられ苦しいのに、それすら快楽の糧になった。

肉槍を頬張った陰唇が、ひくつきながら蜜液を滴らせる。彼の一部を歓迎し、もっと奥へ誘っていた。

「動かずにじっとしているだけでも、リアナ様に搾り取られそうです……っ」

「しゃべっちゃ……駄目……っ」

これまでとは違う体勢のせいか、話す振動が体内により響いた。内部が擦れる場所も変わって、こうしているだけでも全身に汗が浮く。

身体を浮かせ愉悦を逃したくても太腿に力が入らず、リアナは身悶えた。

「ぁあ……ッ、そこ、嫌……っ」

「ここですか？　では思い切り擦って差し上げます」

「ひぁあっ」

リアナの腰を掴んだユーウェインに下から揺さぶられ、脳天まで快楽が突き抜けた。いつになく深い部分を穿たれて、眼前にチカチカと光が明滅する。まともに声も上げられず、閉じられなくなった口の端からは唾液がこぼれた。

四肢が痙攣し、自分で体勢を維持するのが難しい。リアナが倒れ込みそうになると、大きな掌で支えられた。

だが凶悪な楔は深々と突き刺さったまま。

全体重が腹の奥にかかり、容赦のない悦楽を送り込んでくる。僅かな動きでさえリアナから理性を剝ぎ取っていった。

「う、ぁ、あッ、ぁあっ……」

局部が擦り合わされ、彼の硬い繁みに花芽が摩擦される。揺すり立てられるたびに、淫猥な水音が大きくなった。

最奥を小突き回されて、胸の谷間を汗が流れ落ちる。滑る肌をユーウェインの胸へ密着させれば、淫蕩な熱は更に火力を増した。

「あァッ」

はだけていない彼の服に乳頭が擦れ、得も言われぬ法悦を呼ぶ。ぐちゃぐちゃと水音を奏で、二人は同じ速度で身体を揺らした。

いつしかユーウェインが腰を突き上げるのに合わせ、リアナも身体を落とし込む。息を合わせ共に快楽を追っていた。

「……ぁ、あんッ、ゃ、ぁあ……ッ、ァあ……っ」

「リアナ様……っ」

こんなときに、色香の滴る声で名前を呼ばないでほしい。でないと、絆されそうになってしまう。欲望のまま獣に堕ちて、自分のなすべきことを忘れてしまいそうだった。

己に課された義務を放棄し、望むままに行動できたらどんなに楽だろう。

愛しい人との肉欲に溺れ、新たな命を生み出すことができたなら。

想像するだけで、体内が彼の子種を欲してきゅうきゅうと収縮した。リアナの正直すぎる身体は、とっくに答えを出している。追いついて来ないのは、常識を纏った心だけ。

だがそれが捨てられないからこそ、苦悩が深まるばかりだった。

「はぁ……ッ、駄目、もう……っ、あ、あんっ」

振り乱した髪が激しく揺れる。淫らなダンスを踊り、汗が放物線を描いた。

身体が冷えるほど寒かったはずなのに、今は全身が火照って仕方ない。何よりも、繋がり合う場所が溶けてしまいそうだった。

リアナから溢れた蜜が白く泡立つ。前後にも腰を振れば、この上ない喜悦を味わえた。

「随分……っ、淫らになられた」

「い、言わないで……っ」

鋭い眼差しが、逸らされることなくリアナへ注がれている。

まるで何一つ見逃すまいとする強い視線に、焦げつく予感がした。

心の一番奥まで見透かされてしまいそうで怖い。見られたくない己の本性を暴かれて、これ以上ユーウェインに蔑まれたくなかった。

「お願い……っ、私を見ないで……！」

「それは無理な命令です。私は貴女の全てを、この目に焼き付けたい」

残酷な男は、リアナの願いをあっさり跳ね除けた。むしろ瞬く間すら惜しいとばかりに、眼力が強くなる。

快楽に蕩けたリアナの顔も、濡れ光る肌も、綻んだ花弁も全部、彼に暴かれてしまった。

「ひぃ……ッ、ぁ、あ……深い……っ」

子宮の入り口をノックされ、指先までひくつく。

淫悦が全身を駆け巡り、艶声がひっきりなしに口から漏れた。びしょ濡れになった秘裂がみっともない水音を立てながらユーウェインの剛直を舐めしゃぶる。

涙と汗、唾液でぐちゃぐちゃになった顔を歪ませ、リアナは再び高みへ放り出された。

「ぁああア……ッ」

快感が、長く尾を引く。高い波に浚われて、なかなか下りてこられない。

熟(う)れきった胎内(たいない)へ熱液が注がれ、その奔流が更なる愉悦を呼んだ。

白濁(はくだく)に内側を叩かれて、リアナはまた一つ重罪を犯したことを知る。破滅が刻一刻と忍び寄る気配に感じる恐怖と、今この瞬間の圧倒的な幸福感。

二律背反の感情に引き裂かれ、全身を弛緩させた。

——もう、神様にも祈れない……

その資格が、自分にはない。

ユーウェインを拒み切ることもできず、神聖な場所で快楽を極めてしまった自分には、救いの手が差し伸べられるはずもなかった。

こちらを見下ろす彫刻らの微笑が、嘲笑(ちょうしょう)に見えたのは、おそらく勘違いではない。人々を救うために伸ばされた手も、リアナだけは摑むことを許されないと思った。

彼の胸に寄りかかり、乱れた呼吸を整える。鎮(しず)まらない心音は、皮肉なほど同じ速度を刻んでいた。

——心が重なることはないのに……

愛情が介在しなければ、こんな行為は虚しいだけ。それでも、今夜ここで自分を抱き寄せ、頭を撫でてくれる人が夫ではなくユーウェインであることが嬉しかった。

落ちてくる瞼に抗わず、リアナは目を閉じる。

聞こえるのは二人の呼吸音と鼓動だけ。

もしも今このまま二人で死ねるなら、幸せだと思った。

ロードリックの容体は、急変こそしないものの、回復の兆しも見えなかった。

少しずつ、けれど確実に衰弱しているのは間違いない。

リアナは事故から一週間以上経って、ようやく夫を見舞うことができた。これまで何度か彼が療養している別邸へ足を運ぼうとしたが、様々な要因が重なって実現しなかったのだ。

第一の問題は、リアナが別邸に足を踏み入れることをロードリックが許していなかったこと。

勿論、当の本人が意識不明なのだから、王妃であるリアナの行く手を阻む者がいるわけではない。

しかし国王夫妻の仲が微妙なものであることを知っている者は多い。更に言うなら、ロードリックが特定の者以外、別邸への侵入を禁じていることを知っている者も。

それなのにリアナが強引に足を運べば、何かあったと喧伝しているようなものだ。

秘密裏に医師を送り込むことも大変なのに、これ以上注目を集めるわけにはいかない。

結果的にリアナは侍女に扮し、こっそりと別邸へ入り込むしかなかった。

それも時刻は夜がすっかり更けてから。

第二の問題は、これまで以上に多忙になり、時間が作れなかったことだ。

「――陛下の状態は、思わしくありません。このままでは――」

言葉を濁した医師の言いたいことは、聞かなくても分かった。

今すぐでなくても、覚悟を決めろと言いたいのだろう。

リアナは眠っているだけに見える夫の顔をぼんやりと見つめた。

思えば、こうして彼の寝姿を目撃するのは、今夜が初めてだ。これまで一度も同衾したことがないのだから当然。

二年間の虚しい婚姻生活を思い出し、苦笑が漏れた。

――ロードリック様……私は貴方にとっていったい何だったのでしょう？

お人形同然の、形だけの花嫁。周囲から急かされる『婚姻』をとりあえず結ぶためだけの道具。面倒な仕事を押しつけられる相手。

浮かんだ解答はどれも、リアナの人格を無視したものだ。いや、人間とすら見做されていなかったのかもしれない。

だが、どうしても夫を責める気にはなれなかった。

――私がもっと優秀で、ロードリック様に尽くしていたら……結果は変わったのかしら？

男女の愛情は築けなくても、よき伴侶として慈しみ合うことはできたかもしれない。

プロツィア国を共に支える礎になり、互いに支え合って生きてゆくことだって、あり得た未来の可能性だったのではないか。

――私が……ユーウェインへの想いを完全に断ち切れていれば……

夫の前で、別の男に思慕を寄せるなんて、態度や言葉に出したことはないと信じているものの、滲み出る何かを完全には隠しきれていなかったとしたら――

ロードリックのこちらを蔑む視線が思い出される。夫はいつだって、リアナを嫌悪していた。

視界に入ることすら悍ましいとばかりに、同じ空間にいることも拒まれ、直接言葉を交わしたのは数える程度だ。

いったい自分はどこで何を間違えてしまったのだろう。

望まぬ結婚であっても、最大限努力はするつもりだったのに。今ではもう、そんな気力も湧いてこない。

死にゆく夫を前にしても、憐憫を感じこそすれ、悼んではいなかった。悲しい気持ちが、どこにもない。

冷えた婚姻生活の間に凍えてしまったリアナの心は、とうに死んでしまっていた。

意味のない『もしも』を思う。

仮にこんな結婚をしていなかったら。きっとリアナは今でも、クラレンス公爵領で両親と共にのびのびと暮らしていた。ユーウェインに大罪を犯させることもなく。

そんな喉から手が出るほど欲しかった未来を捨てさせ、一方的にリアナを花嫁に選んだくせに、妻として扱われない屈辱と悲哀。まるでロードリックが気ままに生きるため、自分が贄にされたようではないか。

――ああ……だから私はユーウェインとのふしだらな関係にも、口先だけの抵抗しかできないのだわ……

夫のいる身だと言いながら、その実、ロードリックを裏切ることで溜飲を下げていたことは否めない。リアナは長い間痛めつけられ、時間をかけて精神を殺されてきた。そんな冷徹な夫に、仕返しをしたいと心のどこかで願っていても不思議はない。

むしろこれまでよく耐えてきたものだと思い、唇が歪に震えた。

──私はどこまで行っても自分のことばかり……過去に何があったとしても、ロードリック様が私の夫で、大変な目に遭っていることは変わらないのに。何て汚いの……疲労と心労で情緒と思考力がおかしくなっているだけだと思いたかった。何か少しでも好転の兆しが見えれば、きっと醜い思いも消えてくれる。王妃として恥ずかしくない、正しい行いを成せるはず。

そうでなければ、いけなかった。

「──王妃様……陛下が臣下の前に姿を現さないのは珍しいことではありませんが、流石に長引けばいらぬ憶測を生みかねません。せめて、陛下が健在であられることを偽装するべきかと存じます」

「偽装……？」

背後に控える宰相から小声で進言され、リアナは緩慢に振り返った。

頷く彼に促され、ロードリックの眠る病室を出る。その後ろから、影のように従うユーウェインも静かについてきた。

「──どういうことかしら？」

医師や看護師から離れ、声を潜める。今、この場にいるのは三人だけ。

リアナと宰相。それにユーウェインだった。

「下手な噂が立てば、ルクレティア様の耳にも届きます。そうなれば先王妃様の帰国が早まるのを避けられません。誰にとっても、いい結果にはならないでしょう。——時間を稼ぐべきだと思います」

「時間を……でもどうやって？」

これまでのロードリックの所業を思い返し、偽者を仕立てて派手に豪遊しているように見せかければいいのかとも考えたが、それでは別人だと気づかれる。国王の顔を知らない者など、貴族社会にはいないだろう。

ならば高価なものをロードリックの名前で買い漁れという意味だろうか。

——賛成できないわ……無駄なことに民の血税を使うわけにはいかない。

とても良策とは思えず、リアナは下唇を噛み締めた。直後、ユーウェインの指先が横から伸びて来て、思わせぶりに頬へ手を添えられる。

「な……っ」

ここには宰相もいるのに、何を考えているのか。

親密さの漂う距離感に愕然とした。

咄嗟に宰相を見遣るも、彼はちょうど考え事に没頭していたらしく、こちらを一切見ていない。そのことに腰が抜けそうなほど安堵して、リアナはユーウェインから飛び退いた。

「……あまり唇を噛み締めることはやめてください。傷がついてしまいます。幼い頃、何度も注意しましたよね。悪いくせが戻っていますよ」

だが彼は微塵も気にしたそぶりはなく、あまつさえ妖しく微笑む。懐かしい話を持ち出され、甘さの滲む空気にクラクラした。

こんな会話を聞かれたら、リアナとユーウェインの関係を邪推されかねない。それとも疚しいからこそ、そんな風に感じるのかは分からない。

どちらにしても、王妃と護衛騎士の距離感に相応しくはなかった。

「さ、宰相、具体的に説明していただける？」

リアナは無理やり意識をユーウェインから引き剝がし、わざと彼を視界から追い出した。存在そのものを無視するつもりで、宰相だけに話しかける。

けれど心臓は壊れそうなほど暴れていた。

激しい動悸が誰にも聞こえなければいい。特に、ユーウェインには聞かれたくない。こんなにリアナが動揺し、昂っていることを知られたら、恥ずかしくて生きていられないと思った。

「姿をはっきり見せず、声や気配で陛下がお元気であると匂わせるのです。あの方が自室から出てこないのは珍しくありませんから、『いつも通り』だと示すことが重要なのです」

「では代役が必要ですね？　けれどそう簡単に声が似ている者がいますか？」

普段傍に控えている者であればあるほど、偽者に気づくに決まっている。

「陛下が健在であると思わせるのは、別に侍従や侍女らを対象にするのではありません。

彼らも、今ルクレティア様がお戻りになるのは都合が悪いでしょう。陛下を守るべき立場で何をしていたのだと――叱責(しっせき)だけではすまないですから。――騙すのは、ボードン侯爵様やダレル卿に連なる者です」

「……！　あの方たちの息がかかった者も、王宮にはたくさんいるということですね……」

彼らは王の器でないにも拘らず、今でも玉座を諦めていない。

異国から嫁いだルクレティアの血を引くロードリックよりも、自分たちの方が国王に相応しいと本気で考えているらしい。

リアナから見れば、どちらも頼りなく力不足が否めないのだが――

「はい、残念ながら……好機と見れば、動き出さずにはいられないでしょう。ですから牽制の意味でも、ロードリック様が壮健であられると示された方がいい」

宰相の言葉には、頷くことしかできなかった。

ルクレティアが王都を離れている現在、王位を狙う者にとってはある意味絶好の機会だからだ。

――ああ……私にもっと力があれば……

意識のない夫に頼らねばならないほど、リアナには何もできない。自分に辛く当たるばかりだったロードリックだが、それでも彼の存在が皮肉にもリアナを守る盾でもあったのだ。正確には、夫を通したルクレティアの存在が――

　しかし嘆いていられたのはそこまで。いたずらに悲劇を噛み締めて、これ以上時間を浪費するわけにはいかなかった。

「宰相の言いたいことは分かりました。ですが先ほども申しましたが、陛下がいらっしゃると見せかけるには、それなりに似ている者が必要でしょう？　大々的に身代わりを集めるわけにも行きませんし……どうすれば」

「その点は、ご心配には及びません。適任者がおります」

「え」

　リアナが戸惑っていると、宰相の視線が横に流れた。その先に立っているのは一人だけ。そもそもこの部屋には三人の人間しかいない。

　リアナ以外に注がれた眼差しの意味は、明らかだった。

「ユーウェインを陛下だと偽るおつもりですか……っ？」

　無謀だと言う他なかった。

　身長や年齢は同じくらいであっても、彼らは体格が違いすぎる。ひょろりと痩軀なロードリックと、鍛え上げられた肉体を誇るユーウェイン。いくら遠目であっても、別人なのは明らかだった。顔立ちだって似ているところを探す方が難しい。

　しいて挙げるなら――

「た、確かにユーウェインの本当の髪色は陛下と同じ銀色です。目立つのはどうかと思い、こうして地味な色に染めさせていますが……その程度の共通点では、誰も騙せるはずがありません」

ユーウェインに代役を演じさせるくらいなら、他にもっと適任者がいるはず。しかし秘密を守るには、不用意に人を増やすべきではないことも、リアナは理解していた。

「陛下は、たっぷりと布を使った豪奢な服を好まれます。装飾品を惜しげもなく纏い、身体を隠す格好をよくされていました。あれなら、本来の体形がどういったものか、離れていれば分からないでしょう」

「それでも……っ」

「更に申し上げれば、陛下とユーウェイン様の声はよく似ていらっしゃいます。お気づきになられませんでしたか？」

驚くべきことを言われ、リアナは瞠目した。

二人の声が似ているなんて、これまで考えたこともなかった。

ロードリックとは滅多に言葉を交わしたことがないせいもある。

それに穏やかで理知的な、堅苦しい話し方をするユーウェインと、いつも感情的に怒鳴るか人を小馬鹿にしたしゃべり方をするロードリックが、どうしたって重ならなかった。

記憶を必死に掘り起こし、二人の共通点を探そうと躍起になる。

だがようやく見つけられたのは、やはり印象的な髪の色だけ。それ以外はかけ離れているとしか思えなかった。

「……私には、似ているなんて思えないわ……」

「陛下のものの言い方には、特徴がありますからね。ですがだからこそ、真似をするのは容易いはずです。――――ユーウェイン様」

呼びかけられたユーウェインが軽く頷いた。どうやら彼と宰相の間では、既に話し合いがなされていたらしい。

――いつからこんなに親しくなったの……？　それに『様』って……？

宰相がユーウェインに呼びかける声音には、どこか親愛の情のようなものが滲んでいた。それも命令を下すというより、判断を仰いでいると表現した方がしっくりくる空気が漂っている。

まるで宰相がユーウェインを敬い立てているかの如く――――

「――リアナ」

「……っ！」

ユーウェインの唇が蠢き、いかにも嫌々口にしたといった風情の、棘がある声が響く。冷たく、情が欠片も感じられない呼び方には覚えがあった。

二年間のうちに、夫から名を呼ばれたのは数える程度だ。それでもどの時にも、全身が竦んだことをリアナの身体が覚えていた。

「ぁ……っ」

「――本物の陛下であると錯覚するほど、よく似ていらっしゃるでしょう？　声だけ聞けば、勘違いしてくれる者は少なくないと思いませんか？」

反論が、何も出てこなかった。リアナの瞳は、ユーウェインを凝視したまま。

この目でユーウェインが声を発したのを見ていたのに、それでも夫がこの場にいるのかと一瞬思った。

それほど、彼らの声はそっくりだったのだ。

――信じられない……

普段話しているときには全く似ているとは思えないのに、ユーウェインが高圧的な物言いをするだけでロードリックを思い浮かべずにはいられない。辛い思い出がよみがえりそうになり、リアナは大きく喘いだ。

「……っ」

喉奥でひゅっと音が鳴る。それが悲鳴になる寸前――

「顔色が芳しくありません。大丈夫ですか？　リアナ様」

ふらついた背中を逞しい腕が支えてくれた。動揺したのはユーウェインが引き金だが、リアナを落ち着かせてくれるのもまた、彼以外いない。

惑う視線をユーウェインに向ければ、彼が優しく肩を抱いてくれた。

その重みと熱に、委縮していた心が解ける。本当ならユーウェインこそが自分にとって危険な人物なのに、安堵している己に我ながら呆れた。それでも温もりが触れた場所から伝わってきて、強張っていた全身の力が抜ける。

「……いつの間に……陛下の声音を……練習したの……？」

「数回試せば、すぐにできました。もともと声質が似ていたのでしょう」

話し方や選ぶ言葉、表情と態度が違いすぎるから、リアナは二人の声が似通っているとは考えもしなかったということか。

あれほど正確にロードリックの声を再現されても、今もまだユーウェインから夫の声が発せられたことが信じきれなかった。

酷い悪夢を見た心地で、彼の手を振り払うことも忘れる。半ば抱きしめられたまま、じっとユーウェインを見つめた。

「――陛下が王宮にいると思わせれば充分です。今後のために、リアナ様にも多少は協力していただきますが」

「協力？」

「ええ。陛下の部屋にいらしてください。二人で過ごす姿を印象付けるのです。その際、陛下に扮した私の後ろ姿でも目撃させれば、噂が勝手に独り歩きしてくれるでしょう」

これまで不仲だった国王夫妻が、歩み寄っていると。

何はともあれ、ロードリックが健在でいつものように気まぐれに人前へ出てこないだけだと思われれば問題ない。そう語ったユーウェインが嫣然と微笑み、リアナは胸の前で両手を握り締めた。

「その程度の計画では、すぐに真実が露見してしまうわ……」

「時間を稼げればかまいません。いずれは先王妃様が帰ってきます。そのときまでに、準備を整えられればいいだけです」

「準備って、何のことなの」

リアナの問いに答えるつもりはないのか、彼が笑みを深めた。

嫌な予感がする。この一週間あまりで、すっかり見知らぬ男に変わったユーウェインが、少し怖い。こんなにも近くにいるのに、もはや永遠に手が届かない場所へ彼が行ってしまった気分になった。

「――王妃様、そんなことよりもさっそく明日から計画を実行いたしましょう。ユーウェイン様と共に、陛下がお元気であるかの如く振る舞ってください。何も問題は起きていないと知らしめるのです」

「わ、分かったわ……」

宰相に強い調子で言われ、反射的に頷く。他にいい策は思いつかなかった。政治や駆け引きに疎いリアナに判断できることは少ない。ここは長くプロツィア国を支えてきた宰相の言葉に従うのが、最善だと思った。

「それでは明日から、執務の合間に陛下の私室で語らうふりをしてください。数日歓談をした後は、夜に寝室を訪れることにしましょう」

「え……」

「お二人の仲が改善されたと思わせることが、大事なのです。そうすれば先王妃様の態度も、軟化するでしょう」

夜、夫の寝室へ向かう意味を知らぬわけがない。当然、宰相だって分かっているはずだ。勿論、全てはこの窮地(きゅうち)を脱するための計画なのだと理解している。淫らな意図などないし、リアナには計(はか)り知れない計算が、彼にはあるのかもしれなかった。

——私だってロードリック様との関係は、もし機会があるのなら、やり直すべきだと思っている。けれど……

国王の部屋で待っているのは、夫ではない。王に扮したユーウェインだ。その上、夫との関係は今後どれだけ努力しても、改善されることはないのだと痛いほど分かってもいた。

奇跡が起きない限り、ロードリックの回復は望めないからだ。

——本当に『ふり』だけですむの……？

密室で、ユーウェインと二人きりになり、親密さを醸(かも)し出して。

「――どうなさいましたか？　王妃様」

「あ、あの……」

即座に計画を受け入れられないのは、疚しさがあるからに他ならなかった。

いくら宰相が描いた策略でも、ユーウェインと二人きりで寝室に籠ることには抵抗がある。当たり前だが、宰相は何も知らないからこそこんな提案をしてくるのだろう。

ユーウェインをリアナの忠実な護衛騎士だと信じているから、王妃と男性を平気で二人きりにしようとするのだ。

これまでもそうだった。ユーウェインだけは例外で、『リアナによからぬ真似をするはずがない男』と見做されていたからこそ、自由に私室へ出入りできていた。

けれど、もう違う。

他の誰に知られていなくても、リアナだけはユーウェインが危険な男になったことを熟知している。今、最も警戒すべきは彼をおいていなかった。

「ほ、他に陛下を演じられる者はいないの……？」

「極秘の計画です。協力者は極力少ない方が安全です。口が堅く、高い忠誠心を持っている人間でなければいけません。その点、ユーウェイン様はピッタリです」

少し前のリアナであれば、同意しかなかった。愛しいユーウェインを褒められた気がして、有頂天にもなったかもしれない。

しかし今は、見えない鎖に戒められ、深い泥沼に堕ちてゆく錯覚を覚えるばかりだった。

――どんどん引き返せなくなってゆく……

いや、今ならまだ間に合うと思っていることこそ、既に幻想でしかなかった。もはやリアナは力尽きて溺れる以外、道が残されていない。足掻けば足掻くほど、泥水が濁ってゆく。視界は閉ざされ、重くなった手足が一層、動くことを諦めてしまった。

「……では、仕方ないわね……」

「――宰相様の期待に応えられるよう励みます。……よろしくお願いいたします。リアナ様」

笑顔が悪辣なものに見えるなんて、自分の目はそこまでおかしくなってしまったのか。

先日、礼拝堂で彫刻たちから向けられた微笑を思い出す。

無機質な彼らがリアナを嘲笑っていると感じたのは、紛れもなく己自身の後ろめたさのせいだった。

罪深いのは、ユーウェインではなくリアナ。

ならば彼の笑みに黒々とした影を感じるのも、咎のありかを知る自身の心持ちのせいだ。

「では私は一足先に失礼いたします。あまり宰相の私と王妃様が共に王宮を空けるのは危険ですから……お戻りは、くれぐれも慎重になさってください」

「ええ。――大丈夫よ……私にはユーウェインがついているもの……」

半分は本音。しかし残る半分は、自分でも嘘臭いと感じた。

二人きりで残さないでくれと叫びたい気持ちと、得体の知れない心情がせめぎ合う。言葉にできない思いは、喜怒哀楽に分類することも難しかった。

宰相が頭を下げ先に部屋を出て行くのを見届け、リアナは自分が未だにユーウェインに肩を抱かれたままだとようやく気がついた。あまりにも自然に支えられていたから、すっかり失念していたことに驚く。

宰相は、どう思っただろう。

特に何も疑問を感じなかったか。それとも二人の間に漂う微妙な空気を嗅ぎ取ったのか。

――いいえ。そんなはずはない。私とユーウェインとの間にあった過ちは、絶対に誰にもばれてはいけない……！

たとえ己の命に代えても、隠し通さなくては。

リアナは悲壮な決意を固め、彼からそっと身体を離した。ほんの一瞬、ユーウェインの手がこちらを追うように動いたが、更に一歩身を引いて躱す。彼は軽く瞳を細めただけで、何も言わなかった。

「……私たちも、戻りましょう」

「はい、リアナ様」

今更ながら、身体を重ねて以来ユーウェインがリアナを『王妃様』と呼ばなくなったことに思い至る。他に人がいればこれまで通りであっても、二人きりになった途端徹底して名前を呼ばれた。

そのことに、いったいどんな意味があるのかは不明だ。彼の心が見えない分、思いを馳せるのも難しい。

――でも宰相の前では『リアナ様』のままだった……

お前など王妃に相応しくないと糾弾の意を込めているのかもしれないし、不義を犯した事実を遠回しに匂わせるためかもしれない。

けれどどちらにしても、他人行儀に『王妃様』と呼ばれるより、リアナの心が弾んでしまうのは避けようもなかった。

束の間、何も憂いがなかった幼い頃に戻れた心地がする。ただの錯覚だと分かっていても、あの当時の幸せな気持ちを思い出せた。

――名前で呼んでもらえる……たったそれだけのことで、貴方は私を天国に上らせることも地獄にも突き落とすこともできる……

あえてユーウェインから視線を逸らしても、惹きつけられる意識までは制御できなかった。

歩き出したリアナのすぐ後ろを、彼が付き従う。複雑な感情を持て余し、歩く速度を上げたリアナの頭の中には、もはや夫のことは欠片も思い浮かばなかった。

4　共に堕ちる地獄

「ねぇ、知っている？　最近国王様と王妃様がとても睦まじくされているのを」

「ええ、勿論よ。以前は顔を合わせることも稀だったのに……近頃頻繁に閨を共にしているとか……本当なら、喜ばしいことだわ」

王宮内のそこかしこで、ひそひそと会話が交わされていた。

長らく不和だった国王夫妻が、ついに距離を縮めたとあって、侍女たちの話題はその件で持ち切りだ。

公の場に二人が揃って出てくることは未だなくても、ロードリックとリアナが楽しげに会話していたとか、王妃が国王の寝室に足繁く通っているという噂は、あっという間に広がった。

王宮内での出来事に一番敏感な侍女らの話は、いずれ高官たちも知ることになる。

「このままいけば、王妃様が懐妊される日も近いのではないか？」

そんな話も飛び出して、期待に満ちた顔で頷き合う者も少なくなかった。あわよくば自分の娘を王の側室に……と目論んでいた奸臣は歯軋り（はぎし）りして悔しがることになったが。

「――計画は上手くいっているようです。私も頑張って陛下の声を真似した甲斐がありました」

「……や、ぁっ……」

裸の背中を撫で摩られ、リアナは掻痒感に身を震わせた。

王の寝室で一糸纏わぬ女が、四つん這いの状態で揺さぶられている。ぐずぐずに蕩けた蜜口には、背後から逞しい肉槍が埋められていた。

「んぁっ、駄目……、動かないで……ッ」

既に一度吐精された白濁が淫路から掻き出され、ぐちゅぐちゅと泡立つ。リアナの内腿を伝い落ちる滴は蜜と混じり合ったものだった。

夫のベッドの上で、別の男に抱かれている。それも、獣のように後ろから貫かれ、何度達してしまっただろう。

もう数えきれないくらい絶頂を極めたリアナは、自らの腕で身体を支えることもできず、シーツの上に崩れ落ちた。

「……ぁ、あ……っ、も、許して……っ」

「私の子種がこぼれてしまいましたね。もったいない」

「ひぃっ」

殊更強く穿たれて、そのまま腰を回された。最奥に密着した楔の切っ先が、容赦なく敏感な部分を抉る。

何度もイッて疲れきっているはずのリアナの身体は、再び濡れ襞を収縮させ四肢を震わせた。

ロードリックのふりをしたユーウェインと寝室で二人きりになる――案じた通り、何事もなく終わるはずがなかった。

彼は当たり前のようにリアナを組み敷き、精を注いでくる。そうするのが当然の権利であると言わんばかりに。

「こ、こんなことまでは……、計画にないでしょう……ッ、ぁ、あぁッ」

「ですがおかげで、リアナ様と陛下の仲が格段に改善したと、皆は思っています。……ああ、あまり可愛らしい声を出されると、外の者に聞かれてしまいますよ？」

「……！」

もともと人嫌いなロードリックは、必要最低限の人間しか傍に置いていなかった。護衛が扉のすぐ外に立つことも嫌がり、選ばれた者しか室内に入れない。故に今でも、リアナたちの会話が聞かれてしまうほど近いところに、人はいないはずだ。

だがユーウェインの脅しは、如実にリアナの心を動揺させた。

国王夫妻が仲睦まじく、ロードリックが元気であると示すのは計画通りだ。しかし、ユーウェインと罪を重ねることは望んでいない。それなのに何度終わりにしてくれと懇願しても、彼は聞く耳を持ってくれなかった。

――もしも私たちの間に子どもができてしまったら――

考えるだけで恐ろしい。罪深さに眩暈がする。

けれど同時に、今自分の腹に命が宿れば、夫の子だと認識されるに違いないとも思った。この状況では、別の可能性を考えろと宣う方が無茶だ。

――まさか全てはそのために……？　だとしたら、宰相も最初から全て把握していたの……？

狂気の結論がリアナの中に浮かぶ。

何もかも、計画されていたことだとしたら。

まさか、と信じたくない気持ちと、納得している絶望がぐるぐると巡った。

おそらくロードリックの回復は難しい。今日も医師からは厳しい内容の報告しかなかった。ゆっくりと死に向かう夫は、いったいあとどれくらい生きられるだろう。ルクレティアの帰還が先か、それとも――

――ロードリック様が亡くなった後、私の腹に子が宿っていると分かったら――

義母であるルクレティアは、愛する息子の忘れ形見を宿した者に手をかけられるだろうか。答えは否だ。

きっと何としても無事に産ませ、己の傍で育てようとするだろう。ならば、少なくとも出産するまでは、リアナは身の安全を図れることになる。

――ひょっとしてこれがユーウェインの目的……？

いくら思考を巡らせても分からなかった答えに、やっと辿り着いた気がした。考えれば考えるほど、この回答が正しい気がしてくる。

これまでの彼の言動を思い出し、リアナの眦から涙がこぼれた。溢れた滴は、頬を押しつけたシーツが吸ってくれる。

――だけど赤子が生まれても、その子は正統な王家の血を引いているわけじゃない。いつかは秘密が露見してしまう……！

全てが明るみになれば、待っているのは悲劇的な破滅だけ。

自分と同じ地獄に、ユーウェインを引き摺り込んでしまう。リアナが不貞行為の果てに子を産んだところで何も解決せず、むしろ新たな火種を作り出すだけだ。そんなことは彼だって理解しているはずなのに。

――ユーウェインは愚かな人ではない。私よりもずっと、世情にも明るく思慮深い。そんな人が何故無謀なことを……

もしや背後に誰かいるのか。考えられるのは、宰相。しかし易々とユーウェインが騙されるとも思えなかった。

どちらにしても、子を孕んでしまう前に何とかしなければならない。――けれど、どうやって？

「んぁああッ……」

指が食い込むほど強く腰を摑まれ、何度も彼の剛直が淫道を行き来する。肉壁が擦り立てられ、快感が膨れ上がった。

男の肌が女の尻にぶつかって、打擲音が奏でられる。穿たれ続けた蜜口は、赤く淫らに腫れていた。

握り締めたシーツに皺が寄り、嬌声が抑えられない。だらしなく蕩けた顔をベッドに埋め、リアナは何度目かもしれない快楽を極めた。

体内に熱液がぶちまけられる。子宮がヒタヒタに犯されてゆく。呑み下しきれなかった滴が陰唇から溢れ、シーツに卑猥な染みを作った。

「……ぁ、あ……」

長大な質量がずるりと抜け出てゆき、栓と支えを失ったリアナの身体がベッドに崩れ落ちた。

四肢がひくつき、力が入らない。開いたままの花弁から白濁が伝い出ても、指一本動かすことはできなかった。

「――一日も早く、元気なお子を授かるといいですね」

呪いめいた残酷な言葉を吐き、見下ろしてくる双眸は不釣り合いに甘い。まるで本当に愛しい相手を見守る眼差しだった。

それともそんな風に感じるのは、リアナの願望にすぎないのか。

「どうぞ私の子を産んでください」

うつ伏せに倒れていたリアナは仰向けに寝かされ、下腹を大きな掌で撫でられた。その奥には、ユーウェインの子種がたっぷり注がれている。

きゅうっと隘路が収斂し、内腿を濡らす温い滴が生々しい。

悦楽の熾火（おきび）がじりじり焦げつくのが感じられた。

――王の父親になりたい野心があったの……？

だとしたら自分は今まで、彼の何を見てきたのだろう。そんな人ではないと信じていても、築き上げてきた信頼は木っ端みじんに砕かれた。リアナの中に残されているのは、萎（しお）れて尚、枯らすことのできない恋情だけだ。

汗まみれの肢体を抱き寄せられ、ユーウェインの腕の中に囲われる。夫のベッドの上で、今夜も姦淫の罪を重ねた。

いっそ天蓋（てんがい）に覆われた空間だけが世界の全てだったらいいのに。そうすれば、何も思い煩わないですむ。

彼が求めるものを全て捧げ、都合のいい人形になってしまいたかった。

――それでも私は、プロツィア国の王妃だ……。

我欲のために全てを放り出すことはできない。たとえ心が全力でユーウェインを求めていたとしても。

リアナは様々な体液で汚れた身体を起こし、絡みつく彼の腕の中から逃れた。青い瞳が瞬きすることもなくこちらを凝視してくる。それは、リアナが逃げようとしているのかどうかを見定める眼差しに感じられた。

「……身体を、拭いたいの」

逃げないと告げる代わりに、言い訳めいた言葉を紡ぐ。そもそも逃亡するつもりがないと伝える必要もないのに、いったい自分は何をしているのだろう。

――違う。どうせどこにも逃げ場所なんてないだけよ。

助けてくれる人もいない。先ほど考えたことが合っているなら、宰相もこの件に関与しているはずだ。全員ではなくても、王妃付きの侍女や護衛たちも無関係ではないだろう。

「では湯を持って参ります。お待ちください」

王の寝室と浴室は繋がっている。ベッドを降りたユーウェインは、事前に準備していた湯を持って戻ってきた。

この部屋で抱き合うようになって、彼は抜かりなく後始末の用意をしてくれている。おかげで、ロードリック付きの侍女の手を煩わせることもなかった。

しかしそれとて、ユーウェインの策略の一つであるのは間違いない。何故なら王の閨で何が起きているのか侍女たちが確かめられないせいで、彼女らの間で様々な憶測が飛び交っているのも事実だからだ。

妄想は、餌が乏しいほど逞しく育つ。

真偽のほどは問題ではない。きっと今頃は、国王夫妻の睦まじさが確定情報として流れているだろう。

「失礼します、リアナ様」

湯に浸した手巾で汚れた肌を彼に拭われることに慣れてしまったのは、いつからか。温かく湿った布が身体を這い回るたび、卑猥な息が漏れそうになる。

初めの頃は断固断った世話も、今ではすっかり諦めていた。どうせユーウェインはリアナの言葉などまともに取りあってくれない。

その上リアナ自身、一人では何もできないのだから、誰かの手を借りるしかなかった。心を許せない侍女に情事の痕を見られるくらいなら、彼にされる方がマシだと思ってしまったのが運の尽き。

最近はこうして身を清められることも当たり前になりつつある。抵抗感がなくなったわけではないが、頭のどこかが麻痺しているのかもしれなかった。

「……貴方は……我が子を王に据えたいの？　いつからそんな野心を持っていたの……？」

視線をあげられないまま呟いた声は、掠れていた。

数秒沈黙が落ちたせいで、ユーウェインの耳に届かなかったのかと思う。だが、リアナの腕を拭いていた彼が手を止めたことで、きちんと聞こえていたのだと分かった。

「……急にどうされましたか？」

「考えてみたの。何故、貴方がこんな真似を繰り返すのか……」

「それで、私ならリアナ様を利用しそうだと思いましたか？」

どこか冷え冷えと響く声音に驚き、リアナは思わず顔を上げた。目の前には全ての表情が消えたユーウェインがいる。何の感慨も読み取れない双眸は、冬の海に似ていた。

圧倒的な侘しさと恐ろしさ。それらが綯い交ぜになってリアナを見返している。呑み込まれそうな深淵を覗いた気分で、リアナは無意識に身を引いた。

「――逃げるおつもりですか？」

先ほど横たわった腕の中からは簡単に抜け出せたのに、今度はしっかりと手首を取られた。ぐっと引き寄せられ体勢を崩したリアナは、そのまま彼の裸の胸へ倒れ込む。

「きゃ……っ」

「今更、どこにも行かせません」

まるで縋るように絡みついてくる腕の檻（おり）は、苦しいほどの力でリアナを抱きしめてきた。

密着する肌は互いに剝き出しのまま。それなのに先刻までの淫らさはどこにもない。ただ鼓動の音だけが、平素よりも速い律動を刻んでいた。

「ユーウェイン……？」

「……私は、貴女を利用しようなどと考えたこともありません」

背中に回された彼の手に、明らかに力が籠った。リアナの背がしなり、隙間なく二人の身体が重なり合う。

汗の匂いが鼻腔を擽り、慣れたユーウェインの香りに陶然（とうぜん）としたのは、誰にも言えない秘密だ。

「それなら……どうして」

「先王妃様から、リアナ様をお守りするためです」

やはり想像した通り、子どもさえいれば一時的にでもリアナをルクレティアから守れると考えた結果らしい。

「……陛下の子だと偽るのは、無理があるわ……仮に赤子が生まれても、ロードリック様に似ていなければ怪しまれてしまうでしょう……」

「そうでしょうか？　――偶然にも、私と陛下の髪色は同じ銀です。その上声も似ている。顔立ちだって、よく見れば共通点もありますよ。どうぞじっくりご覧になってください」

「え？」

彼らが似ているとは微塵も思えず、リアナは怪訝な顔をした。だがあまりにもユーウェインが生真面目な表情をしているものだから、何だかおかしくなってくる。

こんな状況なのに頬が緩み、つい笑ってしまった。

「何を言っているの？　どこも似ていないじゃない」

「目が二つに、鼻と口が一つずつ。そっくりではありませんか」

彼が冗談を言うなど初めてで、リアナは両目を見開いた。珍しい。しかも至極真剣な面持ちが、余計に笑いを誘った。

「ふ……ふふ、いったいどうしてしまったの。貴方らしくないわ」

ひょっとしたら自分は、異常な状況下で精神的に不安定になっているだけかもしれない。こんなときに無邪気に笑えるなんて、到底まともだとは思えなかった。

けれど久しぶりに声を出して笑ったせいか、重石が詰まっていた胸の内が僅かに軽くなる。真正面からユーウェインと最後に対峙したのも、随分昔のことのような気がした。

――言われてみれば……ロードリック様と似ていなくもないのかしら……？

見慣れていたはずなのに見知らぬ男になったユーウェインと、夫でありながら滅多に顔を合わせることがなかったロードリック。

考えてみれば、判断を下せるほどリアナは二人の姿を見比べたこともなかったのだと思い至る。

ただ印象がかけ離れているから、『似ているはずがない』と思い込んでいた。

「――やっと笑ってくださった」

「……ぇ」

晴れやかな微笑みが眼前で広がり、リアナは呆然とした。

何年ぶりか思い出せないほど、遠い昔に目にした彼の笑顔。それが今、手を伸ばせば届く場所にあった。

「王家へ嫁ぐことが決まって以来、リアナ様が心から笑うことはなくなってしまいました。私はそれが寂しかった」

「……そんなこと……ユーウェインも同じじゃない……」

思い返せば、彼もリアナの婚約を機に笑顔を見せることがなくなった。けれど己のことに精一杯で、自分はそのことに気づくこともなかった。

綻んでいた口元が、ひくりと動く。

唇は弧を描いているものの、リアナの両眼には涙の膜が張る。泣きたくないと咄嗟に顔を背けたが、一瞬遅かった。

ポロリと一筋、透明の滴が頬を伝う。煌めく水滴を拭ってくれたのは、ユーウェイン
だった。

束の間、遠い幼い頃が鮮やかによみがえる。

あの当時は泣き虫だった上に強情だったリアナは、よく泣いて彼を困らせた。

自分の意見が通らなかったり、両親に叱られたり、理由は様々だが、気に入らないこと
があれば思う存分感情をユーウェインにぶつけていた。

それを彼が許してくれるのが嬉しくて、受け止めてもらえるのを確認していたのかもし
れない。どこまでユーウェインが自分を許容し、丸ごと受け入れてくれるのかを。

「……泣き顔も久しぶりです。どれほどお辛そうでも、リアナ様は素直な感情を私にぶつ
けてくださらなくなっていた」

「わ、私は……この国の王妃になったのだもの……っ、いつまでも貴方に甘えていられな
いわ……っ」

強く己を律していなければ、いつだって過ちを犯してしまいそうだった。よろめいて
ユーウェインの胸に飛び込み、縋ってしまいたいと何度願っただろう。『私を助けて』と
一言告げれば、きっと彼は何でもしてくれた。

それが分かっているからこそ、決して弱音は吐けなかったのだ。

「私は、甘えてほしかったです」

そんなことを言われたら、夢を見てしまう。幾度も諦め、そのたびに悶え苦しんだ、絶対に叶わない夢を。

「――私をルクレティア様から守るつもりなら、どうして初めから全て説明してくれなかったの？」

リアナに子どもさえいれば、確実に状況は変わる。そう言ってくれたなら、現状は多少変わったかもしれない。変遷（へんせん）してしまったユーウェインに、苦悩することもなかった。

「言ってどうなります？　高潔な貴女には、到底受け入れられない話でしょう。自分を守るために他の男の種で孕み、それを陛下の子だと偽るのは……だったら完全なる被害者でいてほしかった。何も知らないまま、私を恨み憎んでくださった方がいい」

「自分一人が、罪を背負うつもりだったと……？」

「……私は、リアナ様が考えているほど清く正しい人間ではありませんよ。渇望するものを手に入れられる可能性をチラつかせられ、道を踏み外した罪人でしかない」

では彼には彼の目的があり、そのためにリアナと関係を持ったのか。

鈍く痛む胸から、鮮血が滴る。傷つく資格は自分にはないのに、酷く悲しい気分になった。

「貴方の望みは何なの……？　私を守る、利用するつもりはないと言いながら、何を目論んでいるの……っ」

「何もかも、リアナ様のために。貴女が無事でありさえすればいい。お救いすることが最優先です。私のことは、道具の一つとお考えください、リアナ様は何も知らない被害者です。万が一の場合は、私を切り捨ててください。たとえどんな拷問を受けたとしても、秘密は墓場まで持っていきます。貴女が認めさえしなければ、真実は永遠に明かされない。咎を負うのは私一人でいい」

「そんなこと、できるはずがないじゃない……！　私にとってユーウェインは、この世で一番大事な人なのに……っ」

「……え？」

愕然とした彼の顔は、初めて見た。普段冷静で、護衛騎士に任じられてからはより感情を抑えていたユーウェインの驚きように、リアナも当惑する。

彼の言い回しでは、自分を守るため犠牲になることも厭わないという意味に聞こえた。正に捨て身の献身。

行為自体は罪深いのに、根底にあるものは深すぎる愛情だと勘違いしてしまいそうだった。

「貴方を踏み台にして、自分だけ助かろうなんて私は思っていないわ。だって私は……ユーウェインに触れられて、嬉しかった。本当に罪人なのは、拒みたくないと思ってしまった私自身よ……」

死に物狂いで抵抗すれば、きっと彼は思い留まった。ユーウェインがリアナを傷つけるはずはない。押さえつけてくる手も、いつだってこちらを気遣ったものだったではないか。手段を選ばずリアナを孕ませるつもりなら、他にやりようはいくらでもあったはずだ。それこそもっと早い段階で手を出すこともできたはず。薬を使って抵抗を封じることも可能だっただろう。

この二年間、夫とは比べものにならないくらい長い時間を共に過ごし、心を許してきたのは、彼なのだから。

にも拘らず、ユーウェインはリアナの身体に負担がかかる方法は選ばなかった。彼がしたのは、快楽で搦め捕り、欲望の沼に堕としただけ。踏み止まれなかったのは、リアナ自身だ。

「私に触れられて、嬉しかった……？」

「ええ、そうよ。――だって私は……ずっと貴方だけが好きだった――」

ああ、ついに言ってしまった。

想いが溢れ、堪えることができなかった。

胸の底に沈め封印してきた気持ちがリアナの中で暴れている。どうせ口にしてしまったのなら、隠しても無駄だ。一度決壊してしまえば、あとはもうなし崩しだった。

「王太子妃に選ばれたときも、ユーウェインと離れたくないから嫌だった。だけどそんなこと言えない。貴方に迷惑をかけたくなかったし、お父様を困らせたくもなかった。でもせめて傍にいてほしいと願ったの――」

結ばれることがないなら、できる限り長く共にいてほしい。

触れ合うことも、見つめ合う瞬間も諦めるから、気配だけ感じられたら。そんな切実な我が儘を、彼は叶えてくれた。

ただし、誓いまで立ててくれた愛しい人を尚更忘れることができなくなったのは、想定外だ。

区切りをつけ、いずれは手放さなければと思いつつ、どうしても今日まで勇気が湧いてこなかった。

「……咎を負うべきは私……」

顔を両手で覆い、リアナは俯いた。

ユーウェインへの愛しさが溢れて止まらない。いや、こんな告白はもう二度とできないから、止めたくなかった。

一生打ち明けるつもりのなかった想いを、こぼしてしまった今、どうして途中で止めることができるだろう。おそらく生涯一度きりの恋なのに。

言えば、後悔するに違いない。冷静になれば、己の愚かさに身悶えるに決まっていた。

けれどそれでも。

伝えたい思いが勝り、リアナは震える手をゆっくり下ろした。

「私は……命を懸けて子を産むなら、ロードリック様ではなくユーウェインとの赤ちゃんが欲しいと願っていたのよ……」

罪の告白は彼の愕然とした顔に受け止められた。

軽蔑されたのだと思い、リアナの眦から涙が溢れる。いっそ言わなければよかったのかもしれない。

ユーウェインの言う通り、卑怯にも被害者の顔をして嘆いていれば、彼の中でリアナはまだ『守るべき主』でいられた気もした。

だが燻ぶり続けている恋情を伝えたい欲に打ち勝てなかったのだから、仕方ない。せめてリアナの気持ちを知ってほしかったのだ。

「……私を汚い女だと思う……？」

「まさか……どうしてそんなことを心配なさるのです。リアナ様はいつだって、誰よりも美しく気高い方です。……それよりも、今おっしゃったことは本当ですか……？」

「私が、咎を負うべきだという話？」

「違います！　リアナ様が私を好きで、陛下ではなく私との子を望んでいるということです……！」

いつになく焦った様子の彼に迫られ、リアナの涙が止まった。

冷静沈着な印象が強い、ユーウェインらしくない。前のめりになった男の身体に気圧（けお）され、リアナは仰け反る形になった。

「こんなときに嘘を言うはずがないじゃない……っ」

状況だけ考えれば、リアナは今、夫の部屋のベッドの上で、情夫と抱き合っている状態だ。しかも自ら罪を告白した。

もはや何も隠しごとがなく、どこか晴れ晴れとした気持ちにもなっている。そんな歪な解放感に背中を押され、リアナはしっかり彼と視線を絡めた。

「子どものときから、ユーウェインだけが好きだった。貴方が私を妹としか思ってくれていなくても、別の人との婚姻を強いられても……どうしたって忘れられなかったの」

「まさか……そんなわけがない。リアナ様こそ、私を兄と見做（みな）していたでしょう。お忙しいクラレンス公爵夫妻に代わって遊んでくれる親戚程度に。そもそも貴女が私如きに想いを寄せるなんて、奇跡としか考えられません」

とんでもない勘違いだ。どこの世界に愛されないと分かっていても傍にいてほしいと心から願う男を連れ、嫁ぎたい女がいる。

しかし互いの間に横たわる行き違いよりも、もっと重要な問題がリアナにはあった。

「待って。貴方の言い方だと……私、思い違いをしてしまいそう……」

期待を宿した男の双眸に見つめられ、心臓が大きく跳ねた。瞳の奥にある何かを渇望する輝きに囚われる。

　もしかして、と何度も刈り取ろうとしてきた希望の芽が育ってゆくのを感じた。

　あり得ない。そんなはずはない。これまで一度として、ユーウェインがリアナをそういう対象として見てくれたことはなかった。

　いつももどかしいほど、明確な線を引かれていたのに。徹底した距離感は、暗に『それ以上は近づいてくれるな』と忠告されている心地すらしていた。

　優しくしてくれても、甘えさせてくれても。踏み込めない領域があるのを幼い頃から察していた。そのせいで過分な望みを抱かぬよう、リアナは己を戒めてきたのだ。

　しかし今は二人の間にあった壁が消えている気がする。

　肉体的な話だけではなく、手を伸ばせば彼の心に触れられる予感があった。そしてそれこそが、リアナが求めてやまなかったものだ。

「正直に答えて。ユーウェインは……私をどう思っているの……？　ただの主？　それとも今でも妹でしかない？」

　彼の喉が大きく上下し、青い瞳が忙しく揺れた。

　答えを聞きたい気持ちと、恐れる思い。双方が同じだけあって、耳を塞ぎたい衝動にかられた。けれど怯えを凌駕して、ユーウェインの本心を知りたい。

　いくら身体だけを重ねても、互いの心は見えないままだった。言葉にしてくれなければ、伝わらないことがある。薄々分かっていても、はっきりと言ってほしいことも。

「……畏れ多いことです」

「私がロードリック様へ嫁ぐことになっても、何も感じなかった？　本心から祝福してくれただけ？」

「そんなはずはありません！」

違うと言ってくれと懇願をのせた問いは、鋭い声で遮られた。

視線がかち合う。正面から見つめ合った刹那、リアナの胸に火が灯った。

じりじりと指先までが熱くなる。頬が紅潮し、瞳が潤むのが感じられた。彼の戦慄く唇が数度開閉し、声が押し出されるまでにかかった時間は、永遠にも思える。

耳を澄ませ、一言も聞き漏らすまいとしたリアナに届いた言葉は。

「――……誰が相手であれ、心の底から羨み、呪いました――リアナ様に触れる権利を得た男をこの手で殺してやりたかった……」

呪詛を吐く声は、常に毅然と正しい道を歩んできた人のものとは到底思えなかった。

煮詰められた怨嗟を固めたような、重苦しい告白。

愛していると言われたわけではない。恋しいと囁かれたのでもない。

そんな明るく煌めいた感情ではなく、ぶつけられたのは執着塗れの刃に等しい。

だがそれこそが、長年リアナが欲していたユーウェインの想いでもあった。

「何故、殺してやりたいの……？」

「貴女を誰にも渡したくない。そんな分不相応な願いを抱いていたからです。私が触れられないのなら、他の男にも許さないでほしかった——けれど私にそんな願望を抱く権利も資格もない。死に物狂いで封じ込めました」

自分と同じだと知り、震えるほど嬉しい。

互いに諦めていたから、踏み込めなかった。相手の負担にならないことが、せめてもの真心だとすら思っていた。そんな弱さがこの状況を引き起こしたのかもしれない。

「……愛しているわ、ユーウェイン……」

「私も……リアナ様を愛しています……っ」

もう引き返せない。何があっても二人一緒に地獄へ堕ちる。

愛を告げ合って、共に罪を背負うことを誓った。この先、待っているのが破滅だとしても、二度と迷わない。

彼の愛を手に入れられるなら、リアナは喜んで死地にも赴く。

決して許されない秘密を抱えて、どこまでも茨の道を歩める気がした。

「私と貴方は同罪……共犯者だわ。罪を清算するときが来たら、一緒に裁かれましょう」

「ずっと一緒——ですか？」

昔の約束がよみがえり、リアナは何度も頷いた。

「ええ、そうよ。誓ってくれる？」

「勿論、喜んで――ですが本当に私などでよろしいのでしょうか。私には今でもリアナ様が私を選んでくれたとは信じられません……」

「そんな風に言わないで。貴方以外、誰もいらない」

交わした口づけは、これまでのどのときよりも甘く官能的だった。

互いに相手の形を唇で確かめ合い、掌で触れる範囲を広げてゆく。

情事の名残が残る肢体は、たちまち淫靡な熱を帯びた。

「……ぁ」

「ああ……何度貴女を抱いても、すぐにまた欲しくなってしまう……」

「私も……ユーウェインに触れられたい……」

正直なところ身体は疲れきっていた。散々貪られた後で、あちこち力が入らない。それでも、やっと気持ちが通じ合った興奮が抑えきれなかった。

愛し愛される人と繋がりたくて、リアナの内側が潤む。脈動にのって、愉悦が全身に広がってゆく感覚があった。

彼の胸に身を預け、大きく息を吸う。汗の匂いの奥にユーウェインの香りを嗅ぎ取り、うっとり目を閉じた。

背中を撫でられ、心地よさと悦楽への期待が膨らむ。安らぎを得たせいで下りてくる瞼を、リアナが必死に押し上げようとしていると。

「……今夜はこのまま眠りましょう」

「え？」

てっきりもう一度睦み合うのかと思っていたリアナは、驚いて顔を上げた。

彼の目尻にも、はっきりと情欲の色が滲んでいる。けれど優しく抱きしめ直され、そのまま静かに横たわった。

「リアナ様はお疲れでしょう？　貴女に無理をさせたくありません」

これまでなら、リアナが意識を飛ばすまで責め苛まれることも少なくなかった。体力の差もあって、どうしたってこちらの方が先に限界を迎えてしまう。

今夜はまだ意識を保っている分、余裕がある方だ。それなのにユーウェインが何もせず眠ろうとしていることに吃驚(びっくり)した。

「あの……いいの……？」

「はい。今まで貴女に辛い思いをさせて、申し訳ありませんでした。身体しか手に入らないと思っていたので、自制がきかなくなっていたのです。一度禁断の果実を味わって箍(たが)が外れると、際限なく渇望が膨らんでしまいました。――ですが今はもう……こうしているだけで充分満たされます」

髪を梳かれ、額に口づけられ、労(いたわ)りを注がれた。

何よりも甘く細められた双眸から、言葉以上の愛情が伝わってくる。陶然とする幸福感の中、リアナは彼の胸板に擦り寄った。

「私も……貴方の腕に抱かれているだけで、とても幸せ……」

夢のようだ。きっとこのまま死んでも悔いはない。

実際のところ何も解決はしておらず、ロードリックは危険な状態のままで、ルクレティアとの確執も改善されていない。その上、リアナの腹に子が宿っていてもいなくても、罪を犯したことに変わりはなかった。

端的に言えば、共犯者になっただけ。手を取りあって、どこまでも堕ちてゆくことを決めたのみだ。

それでも、替えの利かないこの世で一番愛する人に同じ感情を返されて、これ以上望むものなどあるはずがなかった。

微笑み合い、ゆっくりと瞼を下ろす。

訪れた安らかな睡魔は、リアナが何年も忘れていたものだった。温かくて柔らかな、眠りの世界に転がり落ちる。

ロードリックとの結婚が決まって以来初めて、リアナは明日がくるのが楽しみだと感じた。

この幸福感が仮初(かりそめ)の幻でもかまわない。どうせ二度と噛み締めることはできないと諦念(ていねん)

を抱いていたもの。

一瞬でも手に入れられたなら、充分だった。

ユーウェインと体温を分かち合い、束の間の夢を見る。

それは叶うはずもない未来。愛する夫と愛しい子ども。平凡で穏やかな、ごく普通の家族の何気ない日常だった。

リアナとユーウェインが互いの本心を晒し、愛を告げた日からひと月弱。

恐れていたことがついに起きた。ロードリックの容体が一時悪化したのだ。医師らの尽力により、夫の容体は持ち直したものの、未だ意識が戻る気配はない。

ただし、二週間ほど前から彼は目を開き、口の中に物を入れられれば、反射的に噛んで呑み込むようになっていた。とはいえ、呼びかけに反応を示したり、手足を動かしたりすることはできないままだ。

ぼんやりと虚空を見つめ、ベッドに横たわっているだけ。

これが回復への一歩なのか、それとも一時的なものなのかは、医師にも判断がつきかねるらしく意見が割れている。

どちらにしても、危うい綱渡りだった。彼の不在をごまかすことはできても、流石に生死の偽装までは難しい。国王が崩御したとなれば、国葬を執り行わねばならず、当然、生母であるルクレティアに隠し通せるものではない。

ユーウェインがロードリックに扮した時間稼ぎも、そろそろ限界に差しかかっていた。

未だリアナに懐妊の気配はなく、じりじりと時を浪費するだけ。

それでも彼との関係性は、劇的に変化していた。

夫の寝室に別の男を引き入れている事実は変わらない。毎晩、不貞行為を働いていることも。

だが互いの間に流れる空気は、穏やかで甘さに満ちたものだった。さながら、本物の恋人同士。将来を誓い、未来に夢を馳せ逢瀬を重ねる、誰からも認められた婚約者になれた錯覚を味わえた。

勿論、ただの思い過ごしでしかない。

罪に塗れてゆくリアナが見た、儚い夢。いつかは必ず覚めるもの。

その瞬間を恐れながらも、一度味わった禁断の果実を手放せるはずがなかった。

「……愛しているわ……ユーウェイン」

「私の方が、ずっとリアナ様をお慕いしています」

どちらの方がより相手を想っているか競い合い、情事の気怠さが残る身体を寄せ合って微笑んだ。

――今の私は、ロードリック様の回復を本気で望んでいるのかしら……？

夫が危ないと聞いたとき、最初に感じた気持ちを言葉にするのは難しい。その後容体が安定した際も、複雑な心地がした。もしも奇跡が起きたとしたら、自分は喜べるのか。それとも――

清く正しくあろうとしていたリアナは、もういない。

ここにいるのは、醜い欲に囚われた、ただの女だ。諦めていた可能性を示唆(しさ)されて、自ら堕落した浅ましい女。

良き妻であろうとした過去は、完全に遠いものとなった。だからせめて、プロツィア国の王妃としての義務だけは果たしたいと願う。

自己保身ではなく、国の安寧(あんねい)のためならば、いくらでも汚れられる。国民を騙す結果になったとしても、王の血を引かない我が子を玉座に据えると決心したのだ。

――ルクレティア様の暴挙をこれ以上許すわけにはいかない……今、この国を守ることができるのは、私だけだもの――

リアナは自身の平らな腹に手を当て、そこに一日でも早く命が宿ることを祈った。

神にではない。おそらくこの願いを叶えてくれるのは、真逆の存在。

今の自分は、悪魔にだって傅(かしず)ける。目的のためならば悪しきものにも喜んで頭を垂れられると確信できた。

――可能性は限りなく低いとしても、万が一ロードリック様が完全に意識を取り戻したら、私は――

毒が、心の中にポトリと落ちる。一滴。また一滴。

いつかは完全に毒そのもので満たされてしまうかもしれない。その日を迎えることに怯えつつ、リアナは引き返したいとは思えなかった。

――いいえ、もしもを考えることはやめよう。今はこの国を守るためにできることだけすればいい。

「……リアナ様、どうされましたか？　浮かない顔をなさっていますが……」

暗い夢想に引き摺られていたリアナは、こちらを覗き込んでくるユーウェインの声に意識を引き戻された。

心から心配してくれているのが伝わってくる眼差しが、まっすぐ注がれている。温もる胸は、愛おしさで溢れた。

「いいえ……何でもないわ。少し、疲れたみたい……」

「公務がお忙しいのに、今夜も無理をさせてしまいました……申し訳ありません」

眉尻を下げ謝罪する彼に、リアナは緩く首を左右に振った。

「私も望んだことだもの。貴方が悪いわけじゃない。だから自分だけが悪いように言わないで」

罪を犯したのは一緒だ。その思いを込め、リアナはユーウェインの頬に手を添えた。

「……お優しい」

その手に彼の手が重ねられ、よりユーウェインの顔へ押しつけられた。うっとり目を閉じた彼が嬉しそうに微笑む。それだけで、リアナも幸福感に満たされた。

罪人が二人身を寄せ合い、天蓋に囲まれたベッドの上だけが、楽園じみている。閉ざされた空間で、互いを抱きしめた。

「……愛しているわ……」

たとえこの先何があっても。

――私が無事に子を孕んだとしたら、この関係も終わってしまうかもしれない……

何故か唐突にそう思った。

ユーウェインは誠実な人だ。リアナを救う方法が他にないから、最後の手段に打って出たけれど、目的を達成すれば冷静になってしまう気がした。

正気に返り、王妃と密通した罪深さに直面し、果たして耐えられるだろうか。

更に言うなら、彼が傍にいることで秘密が露見することを恐れ、離れていってしまうかもしれない。

リアナのよく知るユーウェインなら、その選択をするのが自然に思えた。

全てはリアナのために。自分のことは後回し。傍にいることがリアナのためにならないと判断したら、迷うことなく姿を消してしまうに違いない。

あまりにも鮮やかに『その時』が想像され、リアナは背筋を震わせた。

——嫌……今更、ユーウェインと別れるなんてできない……でも——

国と我が子を守るためには、仕方のないことだとも分かった。

まだ宿ってもいない子を思い、閉じた瞳が熱く潤む。

考えまいとするほど、『その日』がいずれやって来る予感が鮮明になる。おそらくリアナの想像は考えすぎなどではない。

「……ユーウェインはずっと私の傍にいてくれるのよね……？」

「リアナ様が、望んでくださるなら。必要とされる限り、お傍を離れません。一生をかけて、お仕えします」

迷いなく明言され、僅かに安堵した。それでも蟠りがリアナの中に残る。

——ああでも、どこまで行っても私たちは誰にも祝福されない関係なのね……

主従の立場が覆ることはなく、日の光の下を家族として歩くことは許されない。

仮にリアナが『王の子』を産んでも、ユーウェインが父として名乗ることは絶対にないのだ。

彼自身もそれを望んでいないと、図らずも気づいてしまった。

夢で見た『普通の家庭』はただの幻想。

決して手が届かない蜃気楼(しんきろう)も同然。リアナにとっては、あまりにも遠く虚しい幸福の形だった。

　国王の私室での密会を終え、ユーウェインは足音を忍ばせながら目的の場所へ急いだ。

　予定よりも時間が遅れてしまったのは、愛しい人があまりにも可愛らしく、自分の腕を抱きしめたまま眠ってしまったからだ。

　ぐっすりと寝入る彼女を一人置いてベッドを抜け出すことも辛いのに、ましてや摑まれた腕を自ら解くのは、断腸の思いだった。

　叶うならあのまま、朝まで一緒に過ごしたかったのに。

　――それに、リアナ様は少し様子がおかしかった。元気がないというか、愁いを抱えていらっしゃるような……

　強引に関係を結んだ当初は常に辛そうであったけれど、幸い最近では以前のような明るさを取り戻してくれている。その原因がユーウェインと想いが通じ合ったことにあるのなら、とても嬉しい。

　未だに彼女が自分を愛してくれているとは信じられないが、今まで生きてきて、これほど喜びに満ちた日々は、ユーウェインにとって初めてだった。

リアナのためなら、全てを捧げられる。名誉も命も惜しくない。騎士の誇りすら、塵芥同然だった。

彼女を守って生き、死ぬこと、それだけがユーウェインの願い。だからこそ、リアナを苦しめるものは、全て排除したかった。

――いったい何を悩まれているのだろう。私との関係については、心の整理をつけてくださったはずなのに……

考えられるのは、ロードリックのことだろうか。

形ばかりの夫である、この国の王。母親の操り人形にすぎない男を思い出し、ユーウェインの顔が激しく歪んだ。

以前ならば、ここまでの憎悪は抱いていなかった。

あれでも一応、この国で最も貴い人間だ。地位と権力、財力を考えれば、貴族令嬢が嫁ぐのにこれ以上の良縁はないはず。――そう思ったからこそ、三年前は血の涙を流しながらもじっと耐えた。

それなのにリアナに見向きもせず、あまつさえ冷遇するとは。それでいて彼女を利用して苦しめたあの男を、ユーウェインはもはや許すつもりが毛頭なかった。

主君に対する、騎士が持つべき尊崇は今や欠片も残っていない。あるのは侮蔑と嫌悪だけ。あんな下郎に一時でもリアナを任せようと思った過去の自分を、どうしても許せなかった。

——あの男に感謝することがあるとしたら……リアナ様に指一本触れずにいてくれたことだけだ。

美しく清らかな、純潔の王妃。ユーウェインだけの愛しい人。彼女を守るためなら、自分はいくらでも罪を犯せると思った。

事実もう、引き返せないところまで来ている。

——引き返したいとも、思わない。

約束していた部屋に辿り着いたユーウェインは、周囲を見回し、尾行がついていないことを確認してから室内に滑り込んだ。ノックはしない。

一切の灯りが点っていない部屋の中は暗く、慎重に歩を進めなければ足を取られてしまいそうだ。しかし慣れた足どりで奥へと進む。

突き当たった壁に手を這わせ窪(くぼ)みを探し、教えられた手順通りに操作すれば、キャビネットの一つが横にずれた。

この仕掛けを解除し、更に奥へ足を踏み入れるのも、これで何度目になることか。初めての日には流石に緊張したが、今ではもう、何も考えることなく漆黒(しっこく)の闇の中を歩くことができた。

「――お待ちしておりました、ユーウェイン様」

「遅くなって申し訳ありません」

狭い小部屋の中にあるのは、簡素な椅子とテーブル、その上に灯った蝋燭だけ。腰かけて待っていた男は、宰相だった。

「いいえ、かまいません。王妃様と仲睦まじく過ごされているご様子……何よりでございます」

立ち上がった彼に最高の礼を尽くした挨拶をされ、今でも戸惑いを隠せない。こればかりは、いつまで経っても慣れるのが難しかった。

「何度も申し上げていますが、私にそのような態度は無用です」

「申し訳ありません。ですが改めるつもりはないので、諦めていただけますか。他者の目があるところでは、気をつけます」

交渉の余地はないと言わんばかりに、一方的にこの会話は打ち切られた。そもそもユーウェインも雑談に興じるつもりはなく、宰相の向かいの席に腰を下ろす。

蝋燭が一本灯っただけでは暗闇を払しょくしきれず、陰影が不気味な空気を作り出した。踊る焔に煽られて、老人の顔が一種異様な凄みを帯びる。

ゆらゆら不規則に揺れる光は、中央が青い。

見るとはなしにユーウェインが視線を向けると、先に口火を切ったのは、宰相の方だった。

「……兆候はありますか」

何の前置きもない質問だ。けれどユーウェインには彼が何を言わんとしているのかが、はっきり伝わった。それに、こうして男二人顔を突き合わせ、他に話し合うべき案件はない。

リアナの懐妊――それだけが自分たちが密会する理由だった。

「まだです。ただし、私は医学に明るくありません。それに仮に首尾よく事が運んだとしても、まだはっきりと分かる変化はないのではありませんか」

悪阻(つわり)や腹の膨らみが生じるのは、もっと後の段階だろう。そのことは宰相も理解しているらしく、数度頷いた。

「おっしゃる通りです。つい気が急いてしまいました。愚かな質問をお許しください」

深々と下げられた白頭を眺め、ユーウェインは両の拳を膝の上で握り直した。

宰相は、ユーウェインとリアナの関係を知っている。当たり前だ。きっかけを作ったのは、紛れもなくこの老人なのだから。

悪魔の如き甘言を囁き、ユーウェインを陥落させた張本人だった。

――『王妃様を救うことができるのは、貴方をおいて他にいません』――今も誘惑の言葉が耳に残っている。

愚かとも思える計画に、初めは耳を貸す気などなかった。くだらぬ妄言だと、気分を害したほどだ。

しかし『国のため』などではなく『リアナのため』とユーウェインの弱点を的確についてくる男に、僅かな興味を覚えた。

思いつきで適当に言っているのではない。よくよく相手を観察し、どうすれば効果的に己の言葉が響くのかを、熟知している者の言い回しだと悟った。つまりそれだけ、ユーウェインを動かしたいと考えているのだろう。

ロードリックが死に至るその前に、リアナに子を宿させる。そうすれば真実はどうあれ、生まれた子は王の血を引く後継者だ。

息子を異常なまでに溺愛するルクレティアも、憎い嫁を遠ざけるわけにはいかなくなる。少なくとも子が生まれるまでは、リアナの身の安全が保証されるのではないか。

その間に、エレメンス大国との力関係を調整し、国内の火種を鎮火し、ルクレティアの権力を削いで、どうにか体制を整えることもできるはず。

欲に駆られた狼共の中に、リアナを放り込むわけにはいかない。このままでは望むと望まざるとに拘らず、彼女は政権争いの只中に取り残されることが確実だった。

夫を喪った、子どものいない女の立場は、食い散らかされるだけの無力な存在だ。守るためには力がなければ。すなわち、後ろ盾が必要だ。この場合、子どもを通してルクレティアの庇護を得ることが最も望ましかった。

そうすれば、エレメンス大国を抑えることもできる。

──しかし仕方がない。それに永遠に傅くわけでもない。宰相の腹の中にはあるに違いない。

──いわば一番の障害である先王妃様に縋らねばならないのは、何たる皮肉だ……

れは、かの国の支配から抜け出す方策も、宰相の腹の中にはあるに違いない。

リアナに、王の血を引く子どもさえいれば。

全てはその結論に行きつく。だが現実は、ロードリックは瀕死の状態。その上、あの二人の間に夫婦関係がないことは明白だった。だとしたら、現在王妃が夫の子を孕んでいる可能性は皆無だ。

──ならば、『作り出せばいい』とは……今考えても狂気の沙汰だ……

計画を持ちかけられた際、ユーウェインはとても受け入れることなどできなかった。むしろリアナを守るために、宰相自身を排除しようかと考えたほどだ。

しかし時間が経つにつれ、毒がユーウェインの心を蝕み始めた。

本当に他の方法はないのか。もしも自分が断固拒否すれば、別の男が彼女に触れる権利を得るのではないか──

想像したくもないけれど、ボードン侯爵やダレル卿がしゃしゃり出てきたら。

チリチリと嫉妬の焔が燃え上がる。

封じ込め、忘れていたはずの恋情がたちまちかつての熱を取り戻した。

――誰にも、リアナを渡したくない。

汚し傷つけるなら、せめてこの手で。

高潔で純粋な彼女は、こんな企み(たくら)にとても頷けないだろう。夫を裏切って国を騙すなど、到底受け入れるはずがない。ならば罪を背負うのは自分だけでいい。

咎は全てユーウェインが受ける。償うのも、己一人で。

リアナの心の中で、自分が憎悪の対象になれるなら、それすら喜びでしかない。絶望に押し潰されるくらいなら、いっそ憎しみを滾らせて生き抜いてほしかった。

他の誰よりも強い感情を向けられ、心の中に刻まれるなら、大歓迎だ。それは、あまりにも愛に似ている。

彼女から一片でも感情を分け与えてもらえるのであれば――その種類は何でもよかったのだ。

迷ったのは、たった三日。

主君である王妃を穢そうというのに、ユーウェインが思い悩んだ時間は、それだけだった。

本当は最初から、背中を押される瞬間を待ち望んでいたのかもしれない。

一生誠心誠意仕えようと心に決めていた主に対し、こうも簡単に汚い手を伸ばそうと考えられるくらいなのだから。

それでも、いざその瞬間が訪れても、ユーウェインが躊躇いの全てを捨てきれたとは言えない。

王妃の寝室でリアナを組み敷いたとき、ギリギリまで逡巡していた。

彼女の自分に対する軽蔑の眼差しは見たくない。何より、己の全てとも言える大事な人を傷つけるのが恐ろしかった。

だが惑うユーウェインの決意を固めさせ、最後の鎖を断ち切ったのは、リアナだ。

彼女は、ユーウェインが何者かに脅され、仕方なく嫌々リアナを犯そうとしていると考えたらしい。酷い侮辱だ。

仮に誰かに脅迫を受けたとしても、自分なら決して彼女に害を及ぼす真似はしない。だがリアナは、ユーウェインをその程度の男だと思っていた。

保身のために、彼女を犠牲にして搾取する狼たちと同じだと――

ユーウェインを思い留まらせようとしたリアナの言葉を聞いた瞬間、頭のどこかが焼き切れた。

信じてもらえないのなら、もうどうでもいい。

どうせ初めから、彼女を守るためには自身があらゆる罪を背負い、堕ちるつもりだった。

地獄の底に行くのはユーウェインだけ。

けれどほんの少しだけ――――リアナも道連れにしたいと思ってしまった。

途中まででかまわない。同じ煉獄をさまよってほしいとまでは望んでいない。ただ、僅かでも彼女の心のうちで、消えない傷になれたなら。

愚かな男の、うす暗い願望。

目を逸らし押し殺し続けたせいで、こんなにも醜く腐り果てていた。化け物じみた欲求を愛しい女にぶつけ、もはや後悔も抱かない。

自分は完全に汚い生き物に変貌したのだと胸中で嗤った。

この世の何よりも大切な宝を、一番近くで見守るだけで満足していたはずの守護者は、もうどこにもいない。傍にいられるだけで充分だなんて、きっと初めから嘘で塗り固めた偽りでしかなかったのだ。

本心では、丸呑みにしてしまいたいほど、恋焦がれていたのだから。

己を戒めていた枷を壊し、良識も道徳も投げ捨てて、騎士としての矜持も捨て去れば、醜いケダモノが咆哮を上げた。

今では、何故初めから欲望の赴くままに行動しなかったのかと悔やんでさえいる。そうすれば、リアナにくだらぬ懊悩を味わわせずにすんだ。

国を背負わせ、形だけの夫と義母に苦しめられることもなかったものを。

ユーウェインは、神になど祈らない。

一度も自分を、リアナを救ってくれなかった存在などいらないと、心の底から思っている。故に信じるものは、自分自身をおいて他になかった。

「……本日緊急にお呼びたてしたのは、相談したいことがあったからです」

誰の目があるか分からない王宮内では、人と会うにも細心の注意が必要だ。まして後ろ暗い目的なら、尚更だった。

共犯者である宰相との密会は、ユーウェインにとっても危険を伴う。そのため、二人で会うのは極力避けていた。しかし今夜は秘密裏にこの小部屋へ呼び出されたのだ。

「何でしょう？　先王妃様に動きがありましたか？」

「いえ。ルクレティア様は予定通りあちらに滞在するご予定です。とはいえ、あの方のことなので、全面的に信じることはできませんが……ひとまず、送り込ませた間諜から報告はありません。問題は――ロードリック様の容体が僅かに改善していることです」

「……え？」

聞き捨てならない台詞に、ユーウェインは肩を強張らせた。

「――ついこの前、危うい状態に陥ったばかりではありませんか」

「はい。ですが、光や刺激に反応が返ってくるようになってきました。医師の話によると、このまま意識が戻る可能性もあるとか……ただし、何らかの障害は残るでしょう」

つまり、結局のところ完全に回復することはないということか。

目覚めたとしても、日常生活を送れるようになるわけではなく、会話ができるのかも怪しい。おそらくは、段々衰弱してゆくのも変わらないだろう。

だが、この世には『もしも』がある。絶対に奇跡が起こらないとは、誰にも言えなかった。

――リアナ様が、私を愛してくださったように――

ユーウェインは探る眼差しを宰相に向けた。

彼はどんな意図で、今の話をしたのだろう。万が一ロードリックが復活したとしたら、今後どう動くつもりなのか――

信頼しきるには、自分たちは互いのことを知らなすぎる。同時に、相手の罪を把握している分、警戒せずにはいられなかった。

――もし、今更私からリアナ様を取り上げるつもりなら……容赦はしない。

一度与えられた宝を回収しようとするなら、相手が誰でも排除する。その決意に、迷いは微塵もなかった。

清廉だったユーウェインの青い双眸が昏く翳る。揺らめく蝋燭の焔が瞳に映り、整った顔立ちをより作り物めいて見せた。

――この男は、陛下の容体が改善していることを『問題』だと言った。つまりそこに込められているのは、『歓迎』ではない。

無表情のまま思考を巡らせ、ユーウェインはリアナにとってより良い未来を夢想する。彼女のために自分ができることは何か。そのことを考えているときにだけ、リアナと離れていても沸き立つような幸福感を味わうことができた。

それ以外では、心は常に凪いでいる。あまりにも平板で、快も不快もない。そういうものなのだと、ずっと思っていた。しかし他の人間は違うらしい。他者は様々なことで喜怒哀楽を感じるのだと知り、驚いたのは随分昔のことだ。

けれどユーウェインが喜びを抱くのも、苦しみを受けるのも、全てリアナに関することのみ。

――ああ一刻も早く貴女のもとに帰りたい。

つい先刻まで抱き合い、リアナの感触が身体中に残っているのに、もう会いたくてたまらなかった。

一人ベッドに横たわっているであろう彼女にキスをし、抱きしめたい。こんな場所で宰相と腹の探り合いに興じている暇はなかった。

「――陛下がお目覚めになられたら、宰相様はどうなさいますか？」

駆け引きにのるのを避け、ユーウェインは直球で問いかけた。すると彼は、静かにこちらを見返してくる。

「――ユーウェイン様の、お心のままに。私が望むのはただ一つ――国の安寧です。

そのためには、正統なる王家の血を引く方を、我らの主君に迎えたいと思います」

結論をはぐらかし、自分の口ではっきり明言しない辺りが狸だと思う。長い間政治の中枢で生きてきた男に、剣を取ることを選んだ自分が同じ土俵で敵うはずもなかった。

けれど一つだけはっきりしたこともある。

――私を裏切るつもりはないと言いたいのか。

無意識に強く握り込んだ手は、薄く汗ばんでいた。リアナ以外のことでここまで心を掻き乱されることは、珍しい。滅多にない身体の変化に、ユーウェインは自分でも少々驚いた。

「……陛下には今少し頑張っていただきたいですね」

「万全を期して治療にあたるよう、医師らに伝えましょう」

リアナに懐妊の兆しがあるまでは、生きていてもらわねばならない。

口にできない本音は、毒に変わって胸の内を侵食する。清く正しい騎士であろうと心がけてきた自分は、いつの間にか人の死を願い暗躍するまでに堕落した。

仮にも一国の王を踏み台にしても、後悔一つしていない。むしろ清々しくさえある。

リアナを足蹴にし続けた相手を敬う気持ちなど、ユーウェインの中にはこれっぽっちも残っていない。本心を解放した自分は、憎い男を完膚なきまでに叩き潰してやりたいとすら願っていた。

「お話は、以上でしょうか？」

「はい。お呼びたてして、申し訳ありませんでした」

特別急を要する内容とも思えなかったが、宰相の言わんとすることはユーウェインには充分に伝わった。

要約すれば、『急げ』と述べたのだ。

ロードリックが目を覚ます前に。又は完全に命が尽きる前に。さもなければ――ルクレティアが戻る前に。

――貴女を守るためなら、どんな手でも使います。

ユーウェインは秘密の小部屋を抜け、前だけを見て愛しい女が待つ部屋へ向かった。道中、ふと『全てが終わった後』に思いを馳せる。

首尾よく計画通りに事が運んだとして、その後はどうなるのか。

リアナの身の安全を図るなら、一時しのぎでは意味がない。これから永続的に彼女を守り、願わくば自分が近くで見守り続けるためには――

ユーウェインの長い脚が、ピタリと歩みを止める。外は夜。窓ガラスには、ランプに照らされた一人の男が映っていた。

こちらを見返す瞳は、夜の闇のせいで色も分からない。濁り、限りなく漆黒に寄って見えた。表情は抜け落ちて、怜悧な容貌がはっきりと際立つ。

どこかで見たことがある顔だと、ぼんやりと思った。

「――正統なる王家の血を引く者……」

今や、プロッツィア国の王族は極端に少ない。かつて玉座を巡った争いの際、血の雨が降ったせいだ。

生き残っているのは、権力に一切興味を持たないか、全くもって君主の器ではない者。それ故、ロードリックのように王としての自覚がなく人格的に問題があっても、他に誰もいないから、ある意味安泰だった。

――しかしその前提が崩れたとしたら――？

ゴロゴロと遠雷が聞こえ、遠くの空が僅かに光った。

雨の気配がする空気を、ユーウェインは軽く吸い込む。湿気た空気が纏わりつくようで、気分が悪い。

今夜の天気は、酷く荒れる予感がした。

5　変化

　先王妃ルクレティアが王宮に戻ったと連絡が入ったのは、リアナがロードリックを見舞っている最中だった。

「……予定では、あと十日はかかるはずなのに……っ？」

「あちらを発ったという報告自体が、随分遅いものだったようです。道中も、普段よりずっと急がせていたらしく――」

　言い淀む宰相の様子からは、彼にとっても事態は想定外のことだと伝わってきた。おそらく、意識的に隠された事実だったのだろう。騙し討ちのようにもたらされた一報は、リアナを激しく動揺させた。

　このところ、ロードリックの容体は落ち着いている。だが回復しているという意味ではない。あくまでも低調なまま、安定しているだけの話だ。そしてリアナに妊娠の兆候は未だ訪れていなかった。

病室内に沈黙が落ちる。医師たちも驚いているらしく、視線を忙しくさまよわせた。ロードリックの世話を任されている侍女も同様に、戸惑いの表情を浮かべている。

皆、分かっているのだ。国王が瀕死の重傷を負った責任を、誰かが背負わされると。しかも可能性が高いのは、自分であるかもしれないことに。

「――もう隠し通せないわね……」

ルクレティアならば、いの一番に息子に会おうとするに決まっている。そうでなくても、母親べったりな息子が、久しぶりの再会を喜んで迎えないはずがない。

ロードリックの不在は、すぐに彼女の耳に入るはずだ。当然、彼が今どんな状況なのかも含めて。

――せめて、無意味な罰を受ける者を減らさなければ――

ベッドに横たわる夫は、今日もぼんやり虚空を見つめている。表情の類は一切なく、こちらの呼びかけに応えたり、手足を動かしたりすることもなかった。

物体や植物の如く、そこにあるだけ。命の気配が感じられない様は、目にするだけで痛々しかった。

母親であるルクレティアには、衝撃的な光景に違いない。おそらく、悲しみに暮れて怒り、暴れ狂うことが容易に想像できた。

その矛先が民に向けられないよう、リアナは自分が盾になる決意を固める。

——私が王妃としてできることは、もうそれだけ——

下腹に手を当て、束の間目を閉じる。

間に合わなかったことが悔しい。ここに命が宿ってくれていたら、現状も少しばかり好転したものを。

今更悔やんでも仕方がないけれど、役立たずの白分に心底嫌気が差した。しかしいつまでも自己嫌悪に浸っている猶予はない。

リアナが今すべきことは、時間稼ぎだ。

大急ぎで王宮に戻ったリアナは、ルクレティアへ挨拶伺いを申し入れた。こちらからの面談は断られることが多いけれど、問題はそこではない。

彼女の不在時に起きた異変を気づかせないこと。それから、あくまでもいつも通りにリアナがルクレティアに従順で、首を垂れていると思わせることだ。

しかし予想外に面会はあっさりと受け入れられた。

「————あらあら……お前がさっそく顔を見せてくれるとは思わなかったわ。私が王宮を留守にしている間、さぞや羽を伸ばしていたのではなくて？」

久しぶりに顔を合わせ、開口一番に義母からぶつけられたのは嫌味だった。だがいつものことなので、深く頭を下げたままリアナは深呼吸する。

国王のものよりも立派な椅子に座し、こちらを見下ろす眼光は鋭い。年齢は五十を過ぎているにも拘らず、容姿にも体形にも衰えは見られなかった。正に輝くばかりの美しさだ。しかし大輪の薔薇を思わせる姿が毒を孕むものであると、この場の誰もが知っている。他者を睥睨する眼差しはどこまでも昏く、冷酷さを隠しきれていなかった。長旅の後だというのに、先王妃は欠片も疲労感を滲ませておらず、代わりに漂わせているのは、重苦しい威圧感。

女傑の名に相応しい堂々とした佇まいは、誰がこの国で一番権力を握っているのかを明らかにした。

彼女の許しなしには、誰も伏せた顔を上げることすらできない。

リアナも、つむじに焦げつく視線を感じながら、じっと耐えた。

「――滅相もありません。お義母様がいらっしゃらなくて、王宮内は火が消えたように寂しく、お帰りを心待ちにしておりました」

声を震わせず告げられたことに安堵して、リアナは一層深く腰を折った。

ルクレティアの前に出ると、どうしても委縮してしまう。身体が強張り、声が上擦るのを止められない。

視線が惑い、しなくてもいい失敗を重ねてしまうのが、これまでのリアナだった。

しかし今日はそんな無様な真似をするわけにはいかない。自分の背中には、大勢の人々の無事がかかっているのだ。ひいてはプロッツィア国の民全員の命運を握っていると言っても、過言ではなかった。

「ふん、心にもないことを。そんなことよりもロードリックはどうしたの？　いつもなら誰よりも早く私に会いに来てくれるのに」

ルクレティアは早くもリアナに興味をなくしたらしく、ひらひらと掌を振った。虫を追い払うような仕草だが、『下がれ』の合図なのは明白。リアナは顔を伏せたまま、腹に力を込めた。

「お義母様、陛下は別邸で療養されております。季節性の流行り病を得て、十日ばかり安静が必要なのです」

「何ですって？　そんな話は私の耳に入っていないわ」

急ごしらえの作り話が、どこまでルクレティアに通じるか甚だ疑問だ。だが、下手に大きな嘘を吐くよりも、真実の中に最も隠したいことを忍ばせる方が、人は騙されやすくなる。

この場合、リアナが一番公にしたくないのは、ロードリックの容体についてのみ。一日でも長くルクレティアの目を眩ませることができれば――窮地を脱する策も見つかる可能性があった。

今はただ、事実が露見するのを先延ばしにするしかない。それも、全力で。命を懸けてでも。

「重篤な病ではありませんし、体調を崩されたのは昨日からです。お義母様に過分な心配をかけまいとして、陛下自らがお伝えしないことを望まれました」

「だとしても、何故王宮内ではなく別邸で療養しているの？　おかしいじゃない。まさかお前が指示したのではないでしょうね？」

「とんでもない誤解でございます。陛下は別邸に滞在中、発熱されました。下手に移動して体力を消耗されるよりも、あちらで療養した方がいいと医師が判断しただけです。別邸でも、充分な治療を受けられますから――」

いくら表向き平静を保とうとしても、心臓が弾けそうなほど激しく脈打っていた。血潮が猛烈な勢いで駆け巡り、眩暈がするほどだ。

リアナは吐き気を堪え、必死に言葉を紡ぐ。怪しまれないよう細心の注意を払い、汗で滑る手をそっと拭った。

少し離れた場所には、ユーウェインが控えてくれている。触れることは勿論、気配を感じる距離でもないが、それでも彼が同じ部屋の中にいると思うだけで、勇気が湧いてきた。

――私が何とかしないと……！

「幸い、安静にしていれば問題ないとのことです。念のため優秀な医師を方々から集めましたし、経過は順調でございます。お顔の色も、さほど悪くはありません」

自分がこんな風に堂々と嘘が吐けるとは思わなかった。駆け引きが苦手で、いつもオドオドとしていたリアナは今日だけはいない。

守るべきものがあると、人は強くなれるのだと、初めて知った。

「珍しいこと、今日はよくしゃべるのね、リアナ？　いつも何を言っているのか分からないほど小声でボソボソ呟いているだけなのに。ところでお前は別邸へ入ることを、息子から許されていなかったと記憶しているけれど？」

――いけない、話しすぎた……！

不審を滲ませたルクレティアの物言いに、リアナの体温が一気に下がる。

義母を説得しようと焦るあまり、饒舌になってしまった。これまで俯いてほとんどしゃべらなかったリアナが流暢(りゅうちょう)に語ったことで、敏(さと)い彼女は違和感を覚えたらしい。

異変を感じ取らせてはならない。まだ、何も対策が取れていないのだ。ここで何としても食い止めないと、プロツィア国に血の雨が降ってもおかしくはなかった。

「近頃、陛下と過ごす時間が増えまして……僅かですが以前よりも二人きりで語らう機会を設けていただいております……そのおかげか、別邸へお伺いする許可も得ました」

「――そうなの？」

少しばかり不機嫌になったルクレティアの声音に、リアナは秘かに喉を上下させた。

息子を溺愛する母としては、面白くない内容かもしれない。しかし、ロードリックのふりをしたユーウェインとリアナが夜を共にしていることは、いずれルクレティアの耳にも入るはずだ。

　ならば今のうちに『夫婦関係が改善している』と、彼女にも印象付けておくのが得策だと思った。

「……まぁ色々と煩わしい王宮にいるよりも、寛げる別邸にいた方があの子も休めるかもしれないわね……──分かりました。では私も見舞いましょう」

　落ち着いたリアナの態度が功を奏したのか、ルクレティアが顎を引いた。しかしどうにか彼女を納得させられたと安堵したのも束の間、先王妃自らが別邸に向かうと言い出し、リアナは背筋を冷やす。

「恐れながら、陛下は季節性の流行り病を患っておられます。万が一にもお義母様が罹患されては、国の一大事です。どうぞ、お考え直しくださいませ」

「大事な息子が苦しんでいるときに、母が見舞わずにどうしますか。親になったことがない人間には、理解できないのかしら？」

　ルクレティアの声が鋭くなり、リアナは肩を震わせないことが精一杯だった。けれどここで気圧されるわけにはいかない。秘かに深く呼吸すると、喉に力を込めた。

「陛下のご意向でございます。プロツィア国の宝であるお義母様を煩わせてはならないと、私は強く申し付かっております。ですからご連絡も差し上げませんでした。──ですが子を思う母の親心を汲み取れなかった、愚かな私をどうぞお許しくださいませ」

殊更哀れに平伏すれば、惨めなリアナの姿に満足したのか、ルクレティアが喉奥で嗤った。

彼女はロードリックと同じで、リアナを虐げて喜ぶところがある。それを承知しているからこそ、あえて憐みを誘う言動に徹した。

「……ご期待に添えない私ですが、せめて陛下の言いつけを守らせてくださいませ」

深く首を垂れ、わざと声を震わせた。

傍から見れば、さぞや弱々しく卑屈な姿だろう。だが仕方ない。今は、他に妙策が見つからなかった。

「役に立たない王妃ね。――――いいわ、息子にそこまで気遣われているなら、従いましょう。けれど快癒した後は、すぐに私へ知らせなさい」

「仰せのままに」

「では下がりなさい。長旅で疲れているのに、お前の辛気臭い顔など、これ以上見たくもないわ」

室内にさざ波めいた嘲笑がザワザワと広がる。ルクレティアの住まう離宮に仕えている侍女たちは、彼女の忠実な手足だ。それ故、リアナには友好的でない者ばかりだった。

主の意を受け侍女たちも、小さく身を縮めたリアナを嘲笑っている。ここには味方など一人もいないと改めて思い知らされた。

「――失礼いたします」

結局一度も顔を上げることを許されないまま、リアナはルクレティアの前を辞した。

足どりは果てしなく重い。それでも、一番の目的を達成できたことに満足感がある。考えてみれば義母の前で、自分の意思を押し通せたのは初めてのことだ。

それがたとえ嘘を貫くことであったとしても、やっと摑んだ光明同然だった。

ロードリックと結婚が決まってからずっと、死んだように生きてきた。喜びを感じることはなく、耐え忍ぶだけの毎日。

しかし自分にもまだ守れるものがあったことが嬉しい。ルクレティアに逆らい、戦えるだけの気概を失っていなかったことが、リアナに大きな力を与えてくれた。

「――リアナ様……ご立派でした」

聞こえるか聞こえないかのごく小声で、背後からユーウェインが囁いた。おそらく、リアナ以外の誰の耳にも届いていない。だがそれで充分だった。

彼の一言で、強張っていた背中から力が抜ける。潤む瞳は瞬きでごまかした。

「ありがとう……でも、少しばかり時間稼ぎができただけだわ……」

実際には、何も事態は好転していない。むしろルクレティアの帰還で窮地に立たされたままだ。

「――大丈夫です。私が貴女をお守りします」

「……っ」

心強い言葉に励まされ、全身が戦慄いた。想いが通じ合う前はどこか寂寥感があった誓いも、今はリアナにとってかけがえのない支えになっている。神にも縋れない自分の、唯一の救いだ。

「……ありがとう、ユーウェイン……だけど、私も貴方を守ってみせるわ……」

二人で重ねた罪を、彼にだけ背負わせるつもりはない。地獄に堕ちるなら、どこまでも手を取り合って。

普段は、見つめ合うことも許されない自分たちには、互いの気配を伝え合うことが今できる全てだ。それでも相手の想いが確かに感じられ、リアナは毅然と前を向いて歩いていける。

――この人のためなら、私は強くもなれるし汚れることも、怖くない。

どれだけ祈っても手を差し伸べてくれなかった神を欺くことさえ、何でもない。むしろ進んで堕落する。傅いて祈りを聞き届けてもらえるなら、相手は悪魔でもいい。

――だからどうか――

心の中で言葉にすることすら罪深い願いを、リアナは下腹に手を当て、一心に祈った。萎えそうになる脚を叱咤し、気力だけで平静を装う。だが取り澄ました表情は、離宮を後にし、王宮内にある王妃の部屋に戻った瞬間崩れ去った。

「……リアナ様……！」

人払いをした直後に倒れかけたリアナを支えてくれたのは、ユーウェインだった。逞しい腕に抱かれ、遠のきかけていた意識が引き戻される。極度の緊張に晒され、貧血を起こしたらしい。

「今すぐ医師を呼びます……！」

「大丈夫よ……眩暈がするだけ。しばらく横になれば治まるわ……」

客観的な事実は、ただ義母と面談しただけだが、リアナが受けた心労はそんなものではなかった。

相手は、何の痛痒もなく誰であれ捻り潰してしまえる力を持っている。しかも自らの手を汚すことなく、この国の全てを牛耳っていた。

そんなルクレティアに対峙し、あまつさえ謀ったのだと思えば、今更ながら全身が激しく震える。

大胆な自分の嘘が通用して良かったと、心の底から安堵した。

「……貴方が傍にいてくれるだけで、私はいくらでも頑張れるわ……」

「リアナ様……」

ソファーに腰を下ろし、淡く微笑む。しかしすぐにリアナの眉間には皺が寄ることとなった。

「ユーウェイン、貴方その手はどうしたの？」

彼の掌に、滲む血の痕を見つけたからだ。

「お気になさらず。大事ありません」

「そんなはずないでしょう。どうして……まさか左手も……っ？」

さりげなく背中に隠そうとするユーウェインの手を強引に掴めば、両手を負傷していることが分かった。よく見れば、どうやら爪痕らしい。いつの間にこんな怪我を負ったのだと問い詰めようとして、リアナははたと気がついた。

――ルクレティア様と私の面談中に……？

あの緊迫したやりとりの間に拳を握り締めてできた傷痕だとしか思えなかった。

それまでは、こんな傷などなかったと断言できる。そもそも彼が怪我をすることは滅多にない。

普通の騎士は訓練中に多少の傷を負うこともあるが、ユーウェインに限って言えば、実力が段違いに高すぎて彼と勝負になる者がほとんどいない。そのため、ユーウェインが血を流す姿を目にしたのは、リアナにとってこれが初めてだった。

「何故こんなになるまで……！」

「この程度、何でもありません。リアナ様が受けた侮辱と心痛を思えば――些末なことです」

「私の……ために……？」

気まずげに逸らされた視線。それが、答えだった。

「……渾身の力で自分を戒めなければ、先王妃様に斬りかかってしまいそうでした。そんなことをすれば、リアナ様の不利益になるだけなのに……貴女が貶められ屈辱を味わう様を見守ることしかできなかった私を、どうか許してください……」

出血するほど強く拳を握り込まねば耐えられないほど、憤ってくれたのか。惨めにも這い蹲るようにして、ルクレティアに平伏するしかなかった自分のために。

リアナは何度も瞬き、瞳の奥の熱を散らした。けれど込み上げる涙を堪えることはできない。

一度決壊した涙腺は、ボロボロととめどなく涙を溢れさせた。

彼の言う通り、あの場でユーウェインにできたことは何もない。黙って災禍が通り過ぎるのを待つこと以外、一つも許されてはいなかった。もしも僅かでも怒りを見せたり、行動に移したりすれば、ルクレティアは嬉々として罰を与えただろう。

不敬な騎士と、その主に。

故に彼の掌に刻まれた傷は、無力さの証ではなかった。むしろリアナと共に耐え、戦ってくれた証拠だ。

おそらくユーウェインの心はこれ以上の血を流している。リアナを慮(おもんぱか)って。その事実が強く胸を軋ませた。

「リアナ様……私などのために泣かないでください。本当に大した怪我ではありません。安心してください。剣を持つのに支障はありませんし、貴女を警護するにも――」

「そんなことが言いたいのではないわ……！」

彼が自分を守れるかどうかを気にしているわけではない。ユーウェイン自身のことを心配しているのだ。

だがリアナの言いたいことが理解できないのか、彼は首を傾げて困惑を露にした。

「ご不安なら、護衛の数を増やしますか？」

「そういう話をしているのではないと、言っているでしょう……！」

「では何故……涙を流されるのですか……」

「貴方こそ、どうしてそこまで私に尽くしてくれるの……っ」

考えてみれば、ユーウェインは昔からリアナを大事し、いついかなる時も最優先にしてくれた。クラレンス公爵家に恩義を感じていたからかもしれないが、それだけならリアナではなく父に忠誠を捧げるだろう。

けれど彼の一番は、どんな場面でもリアナだったと思う。

それこそ父の言いつけより、リアナの我が儘を聞いてくれた。

悪戯をして叱られた際は閉じこめられた部屋の前でずっと付き添ってくれ、お菓子の食べすぎを咎められたときは、代わりに果物を厨房から持ってきてくれた。

それ以外にも勉強が嫌だと泣くリアナの手を引いて屋敷を抜け出し、後で一緒に謝ってもくれたではないか。ユーウェインは何も悪くなかったのに。

何より、嫁ぐ自分のために王宮まで付いてきてくれた。彼には他にもっと自由で気楽な人生があったはずだ。廉潔（れんけつ）なユーウェインに、謀略渦巻く王宮での暮らしは、そぐわないに決まっている。

きっとリアナが知らなかっただけで、これまでにも自身の身体を傷つけて耐えねばならないことがあったのではないか。そう思うと、居ても立っても居られなかった。

「私には、貴方が一生を捧げてくれるほどの価値はないわ……」

「いいえ。私にはリアナ様が全てです。貴女は私に、生きる意味と居場所を与えてくださいました」

「それはお父様でしょう……？」

彼に生活の糧を与えたのは、リアナの父だ。自分ではない。住む場所も、教育も、食べるものも全部、整えたのは父親に他ならなかった。

「はい、クラレンス公爵様には感謝しています。私には過分な生活を保障してくださいました。ですがそれだけでは人は生きられないのです。自ら愛情を注ぎ、相手からも唯一の存在として求められること――心が満たされるには、愛情と必要とされる実感こそが大事なのではないでしょうか。リアナ様は、私にそれら全てをくださいました」

「私……が？」

「幼い頃、全力で甘えてこられる貴女は、筆舌に尽くし難いほど愛らしかった……懸命にこちらへ手を伸ばし、じっと見つめてくる眼差しがどれだけ私の心を潤したか――言葉では説明しきれません。ただ、ここにいていいのだと……認められた心地がしました。あのときからずっと、私の心に宿るのはリアナ様だけなのです」

片膝を床につき、こちらを覗き込んでくる男は、澄んだ青の瞳をしていた。

本気でリアナだけを案じている。彼自身のことは後回しどころか、全く眼中にもない。ユーウェインの中で大きな存在感を放つのは自分なのだと知り、リアナは嬉しくもあり、同時に危うさも感じた。

いつか彼はその盲目的な忠誠心のせいで、道を誤るのではないか。

今まさに『王妃との密通』という大罪を犯しているが、それ以上の罪を重ねてしまう気がした。

考えるだけで寒気がする。全ては至らないリアナのせいなのに。ユーウェインを今よりも地獄に巻き込んでしまったとしたら。

――だけど愛しい……

手放せない。今更、離れることなんてできるはずがない。

一度解放された欲はままならず、強欲さを増してゆくのみだった。

――ごめんなさい、ユーウェイン……私にはもう、貴方を自由にしてあげることはできない……

愛を免罪符にして、縛りつけずにはいられない。この先も、おそらく永遠に。

彼の手を取ったまま黙り込んだリアナに何を思ったのか、ユーウェインは動揺した様子で自らの手を握ったり開いたりした。その掌に一層血が滲む。

「あの、本当にリアナ様がお気を煩わせることはありません。これくらい、舐めておけば治ります。ですから――えっ」

驚愕の声を上げた彼が硬直した。

何故なら、リアナがユーウェインの掌に口づけたからだ。

左右両方の傷痕に舌を這わせ、赤い滴を舐めとる。不快なはずの血の味が、彼のものだと思うだけでこの上ない甘露(かんろ)に感じられた。

「リアナ様、いけません……っ」

「私のために傷つかないで。貴方が血を流す姿は見たくない」

半ば呆然としたユーウェインが、瞠目してリアナを見つめてきた。揺れ惑う眼差しを受け、再度彼の掌にキスをする。

彼が手を引こうとする力は弱々しく、やがて無抵抗になった。されるがまま、リアナが何度も唇で触れるのを受け入れてくれる。

時間にして、おそらく十数秒のやりとり。それでも永遠に思えるほど甘美な時だった。

「——約束して、ユーウェイン……貴方が私を大切に想ってくれるように、私にとっても貴方は大事な人なのよ。ユーウェインが傷つけば、私の心も血を流すの」

二人は既に一心同体も同然。運命共同体でもある。

一方が苦痛を感じれば、相手も同じだけ苦しまずにはいられない。もはや離れられないだけでなく、喪えば生きていけないのだと痛感した。

「リアナ様……」

潤んだ瞳で見つめられ、どちらからともなく口づけた。初めは唇を触れ合わせるだけ。次第に深く貪り合う。

舌を絡ませ粘膜を擂りつけ、口内で唾液を混ぜ合わせた。

僅かに感じる血の味すら、官能に火を灯す。淫靡な水音で肌が粟立ち、やがてキスだけでは物足りなくなって、隙間なく抱き合い互いの形を弄り合った。

「……っは……」

弾んだ呼気が肌を湿らせる。至近距離で覗きこんだ双眸には、リアナだけが映っていた。おそらく自分の瞳も彼だけを映しているだろう。頭も心もユーウェインで一杯で、他には

何も目に入らなかった。

「――――では、こちらからも約束を求めてもよろしいですか？　どうぞ泣かないでください。私の怪我を案じてくださるのは嬉しいですが、リアナ様に涙を流されると、それだけで私は死ぬほどの苦しみを覚えます……」

今度は逆に手を取られ、リアナの指先へ彼の唇が寄せられた。

爪を辿るキスはもどかしくも淫猥な感触を運んでくる。軽く歯を立てられれば、尚更淫らな色が立ち上った。

「ユーウェイン……駄目、今は……っ」

彼の手がリアナの腰を意味深に摩り、ゆっくりと下降してゆく。その卑猥な手つきに、込められた意味は一つだけだ。こちらの劣情を煽る指先が、ドレス越しに誘惑を伝えてきた。

けれど閨と違い、今は王妃として隙なく着付けた服に、きっちりと結い上げた髪をしている。しかも時刻はまだ夕刻にもなっていない。

乱されてしまっては、いらぬ憶測を呼ぶだろう。ましてもう、この王宮内でユーウェインにロードリックのふりをさせるわけにはいかなかった。

ルクレティアに『ロードリックは別邸で療養中』と言った手前、夫がここにいるはずがないのだから。

「ええ……分かっています。リアナ様の不利益になることはいたしません。ですが少しだけ……触れさせてください」

「……ぁっ」

スカートをたくし上げ侵入した手に太腿を撫で上げられ、ゾクゾクと愉悦が走った。靴下止めと肌の境目をなぞられて、呼吸が乱れる。

未だ彼は床に膝をついたまま。見上げる体勢で眼差しに懇願をのせてくる。全身全霊でリアナを求めてくる愛しい男の双眸に、抗えるはずがなかった。

「駄目ですか……？」

いいと言えるはずもない。どう考えても、ここは拒否してしかるべきだ。扉の向こうには誰がいるかも分からない、油断してはいけない状況。ひょっとしたらルクレティアの放った間諜が紛れ込んでいないとも限らなかった。

それなのに、リアナの口から拒絶の言葉はどうしても出てこない。

切なく見つめてくる瞳に搦め捕られ、睫毛を戦慄かせることしかできなかった。

「ほんの短い時間でかまいません。どうか私に慈悲を垂れてください」

「慈悲なんて――」

触れてほしいのはリアナも一緒だ。本音では、ユーウェインに抱かれたい。場所も時間も関係なく、彼と一つになりたかった。

そんな願望を見透かしたように、ユーウェインが下から口づけてくる。

唇だけではなく、額や瞼、こめかみにも。

ただひたすらにリアナの許しを乞うキスは、どこか清廉でもあった。

「……ゃ……」

「愛しています、リアナ様……」

掠れて声になりきらない囁きは、直接耳に注がれた。ほとんど振動だけの言葉が、リアナの心を掻き乱す。濡れた瞳を瞬けば、目尻を紅潮させた彼が渇望に塗れた視線でリアナを射貫いてきた。

「誰かに聞かれたら……っ」

「先ほど人払いされたではありませんか。それに、外までは聞こえませんよ。貴女が大きな声を出さない限り」

それが一番の問題なのだと、ユーウェインも分かっているはずだ。

愛する男から与えられる快楽を知ったリアナの身体は、すっかり淫靡に花開いた。硬い蕾（つぼみ）のまま枯れてゆくはずだった自分は、もうどこにもいない。

ここにいるのは、彼がくれる快楽を心待ちにし、期待に打ち震えるただの女だ。王妃としての矜持も、彼とこうしている間は片隅に追いやられてしまう。

「で、でも」

「しぃ……、お静かに」

唇にユーウェインの人差し指を押しつけられ、リアナは黙らざるを得なかった。その隙に、嫣然と微笑んだ彼が大胆にスカートを捲り上げる。

そしてあろうことか、リアナのスカートの中へ身を滑り込ませてきた。

「きゃ……っ」

悲鳴はか細く消えた。大声を出してはならないという、なけなしの理性で必死に耐える。

だが大柄な男が一人身を潜ませるには、スカートの内側の空間はあまりにも狭い。どうしたって、どこかが触れてしまう。

張りのある騎士服も。思いの外柔らかいユーウェインの髪も。そして熱い吐息も。

「……っ」

もしも誰かが部屋に入ってきたらどうしよう。

この状況は、一見して何事もないように見えるかもしれない。だが実際は、リアナの下肢は大変なことになっていた。

常識では考えられない場所に男性を潜ませている事実が、羞恥と興奮を掻き立てる。それもいつ誰が入ってきてもおかしくないと思うと、一層昂りが大きくなった。

ドッドッと心音が疾走する。懸命に継いだ呼吸は、艶を帯びていた。いけないと己を律しようとするほど、相反する感情が高まってゆく。自制できない喜悦が、リアナの全身を火照らせた。

「……！」

すり、と内腿に何かが擦りつけられる。

彼の手だとすぐさま悟ったのは、もう数えきれないくらい何度も触れられてきたからだ。

少し硬い掌に、剣ダコのある指。爪は短く丁寧に切り揃えられている。長い指は案外繊細に動き、いつだってリアナに極上の快楽を与えてくれた。

先ほど負ったばかりの怪我は大丈夫なのかと、そんなことを考えるのは、現実逃避だ。意識を逸らさねばいやらしい声が漏れてしまいそうで、リアナは咄嗟に膝をピッタリ閉じ合わせようとした。

けれど一瞬早く、ユーウェインの腕に阻まれる。あまつさえ、彼がリアナの脚の間に身体を移動させた。

「や……」

見えなくても、全てがつぶさに伝わってくる。スカートの下でどんな淫らな光景が繰り広げられているのか、視覚以外の感覚が告げてきた。

今まさに、ユーウェインがリアナの膝へ口づけている。その唇がゆっくり上昇を始めた。内腿に何度も吸い付き、優しくも強引な手で、リアナの脚を開かせながら。

——駄目なのに……っ

圧倒的な喜悦に、クラクラした。

これまで、見せつけられて淫蕩な欲望を煽られたことは何度もある。視覚から興奮を掻き立てられるのは、当たり前だった。

しかし見えなくても、その分人は音や感触、匂いで充分劣情を刺激されるものらしい。むしろもどかしさが、余計に甘美なスパイスになった。

皮膚を軽く引っかかれ、爪で線を描かれ、靴下止めを外されて太腿に掌全体が押しつけられる。甘噛みをされた柔らかい内腿が、一気に騒めいた。

「んッ……」

声を漏らすまいとするほど、渦巻く熱が荒ぶってゆく。出口を求め、体内でとぐろを巻いた。

まだ、最も敏感な場所には触れられていない。それなのに、既にそこが潤みを帯びていることは、リアナにも分かっていた。下着が陰部に貼りつく感覚が生々しい。

スカートの内側は熱が籠り、きっと蒸れているはずだ。そう思い至れば、叫び出したいほど恥ずかしいのに、同時に被虐的(ひぎゃくてき)な悦びが湧き上がった。

――ああ、見られている……っ
中は光がほぼ届かず、暗いに違いない。それでも、全く何も見えないわけではないだろう。きっとリアナの両脚は、視認されている。濡れた下着も。

それ以外にも、しっとりと汗ばんだ肌、赤く熟れた皮膚も、きっとユーウェインには全部暴かれている。

勿論、それだけではない。男を誘う蜜の香りを嗅がれているはずだ。

そう考えた瞬間、リアナの下腹が痛いほど疼いた。

「……ん、ふぁ……っ」

ちゅ、ちゅっと秘かな音が布越しに聞こえてくる。微かな痛みと共に移動するその音は、ユーウェインがリアナの腿に赤い花を咲かせているからに違いない。

「あ、新しい痕を残しては駄目……っ、侍女に見られたら……」

「では隠してください。脚の付け根だけですから、可能ですよね？」

いつになく意地の悪い言い方をされ、甘い痛みが胸を突いた。

リアナのスカートが内側から押し上げられ、不格好に膨らむ。中には彼がいるのだと思えば、吐息が濡れるのを抑えられなかった。

「あ……ッ、やぁ……」

下着の横から忍び込んだ男の指が、リアナの花弁を撫で摩る。陰唇をぐるりと辿られ、新たな蜜が溢れたのを感じた。

「ふぁ……、ぁ、んッ」

ソファーの上で、リアナの尻が前へ滑った。すると弄(いじ)りやすくなったのか、ユーウェインの指がぐっと奥へ挿し込まれる。それでも、いつもよりずっと浅い部分を捏ねられ、僅かに物足りない。弾けるには程遠い愉悦に、自然とリアナの膝から力が抜けた。

――ああ……何てふしだらな……

頭の片隅に残る理性は、己の浅ましさに眉を顰める。だが身体は貪欲に彼の指を喰いしめ、歓喜していた。

だらしなく脚を開いて、布一枚隔てた下では、愛しい男に自分の最もはしたない場所を晒している。

王妃としての矜持をかなぐり捨て、ここにいるのは堕落しきった一人の女だ。ルクレティアと対峙し命の危機を感じた分、一層ユーウェインを欲さずにはいられなかった。

生きている実感を得ようとして、身体を寄せ合う。熱を分かち合っていれば、途轍もない安心感があった。肉欲とはまた違う、生命力を感じるための行為。

淫靡な熱が燃え盛り、もっと彼と密着したくて仕方なかった。

「……熱い……っ」

「脱がせて差し上げたいですが、我慢してください。女性の服を着付けるのは、私には荷が重い。ですから今日はこのまま……」

「ぁ、あッ」

蜜窟を探る指が増やされ、花弁が押し広げられた。それだけならまだしも、肥大した花芯にねっとりと絡みつくものがある。

ユーウェインの舌がたっぷりと唾液を纏い、リアナの肉芽を弾き、押し潰してきた。勿論、淫道には彼の指が収められたまま。

内と外から同時に嬲られ、快楽の水位が上がる。リアナが背筋を戦慄かせると、ユーウェインの動きがより激しさを増した。

「ひぃ……っ、ぁああ……、ぁッ」

淫芽を突き回され口内に啜り上げられて、隘路を掻き回される。溢れる蜜液がじゅぷじゅぷと卑猥な音色を奏でた。

うねる喜悦を逃そうとしたリアナが身悶えれば、ソファーの上でずり落ちた身体はいやらしく股を開く体勢になる。

両脚の間で、スカート越しに彼の頭が蠢くのが視界に入った。まるで視覚の暴力。あまりにも卑猥な光景に涙が滲む。だが漏れ出たリアナの吐息は、明らかに艶を帯びていた。

「ん……ふぅ……ッ」

硬くなった秘芽がユーウェインの舌からプルプルと逃げる。きっとそこは真っ赤に腫れ、自身の蜜と彼の唾液で濡れ光っているはずだ。

見えないからこそ妄想が逞しくなり、更なる悦楽を呼び覚ます。リアナは自らの手で口を塞ぎ、涙目を瞬いた。

「……っく、ぁんッ……やぁ……ま、待って……」

「貴女の甘露が溢れてきます……」

「んぅッ……ぁ、あ、あッ」

じゅるっとわざと音を立てて蜜液を啜られ、リアナの爪先が靴の中で丸まった。

左右に割られた膝はすっかり弛緩し、もはや閉じることは叶わない。そもそも間に彼がいるせいで、リアナは立ちあがることすらままならなかった。

不自由な体勢を整えることもできず、太腿を押さえられ、いやらしく大股開きを強要される。しかし問題なのは、それが嫌ではないことだった。

羞恥でおかしくなりそうなのに、とても気持ちがいい。頭の片隅では、もっとと強請る自分がいる。身動きできないと言い訳し、更なる愉悦を待ち望んでいた。

「ぁ、あ……ユーウェイン……っ」

「貴女の花弁は、どんどん芳醇に花開く……どこまで私を誘惑するおつもりですか」

「ああ……違……っ、私は……っ」

「清らかな王妃様、あまりドレスを汚してはいけませんよ」

揶揄う響きに、ゾクゾクと背筋が震えた。快楽が駆け上り、脳を痺れさせる。圧倒的な喜悦にリアナの思考力は鈍麻した。

自分だけの愛しい男が欲しくてたまらない。今すぐ、疼く場所を埋めてほしい。硬く大きな彼の楔で。

繋がり合いたい欲求が高まり、リアナは無意識に下肢をくねらせた。

「ユーウェイン……っ、ぁ、あ……お願い……っ」

「駄目ですよ。貴女がそうおっしゃったのではありませんか」

媚肉にふぅっと息を吹きかけられ、殊更欲望が煽られた。焦らされ、はぐらかされて、飢えが昂る。

ひくつく指でソファーの座面に爪を立てれば、全てお見通しだと言わんばかりに彼がリアナの花芽を唇で挟んだ。

「ぁああッ」

愉悦が飽和する。蜜路が収縮し、濡れ襞がユーウェインの指にしゃぶりつく。彼の剛直の質量と比べれば物足りないのに、それでも絶大な快感を得られた。

眼前を光が散り、鼓動が速まる。吸った息は、鋭い嬌声になってリアナの口から漏れた。

気持ちがいい。背徳感を餌にして、一向に快楽の波が引かない。高められた身体は、蜜洞を抜け出てゆく指の感触からも喜悦を拾った。

「……ぁ、は……っ」

「びしょ濡れになってしまいましたね、リアナ様。拭いて差し上げますので、大きく脚を開いたままお待ちくださいますか？」

スカートから顔を出したユーウェインが蠱惑的な笑みで告げてくる。柔らかな命令に抗えるはずもない。

いつもはリアナが命じる立場が、今は完全に逆転していた。それが不思議と心地よくて、リアナは素直に両脚を投げ出す。

裾を捲り上げられ、脚の付け根まで露出させられた姿は艶めかしい。白い肌が赤く染まり、汗が浮いた様は卑猥そのものだった。上半身は乱れなく、きっちりと着付けられたままなのも、淫蕩さに拍車をかける。

忙しく上下する胸の頂が、ドレスに擦れてむず痒かった。

「……ぁ」

手巾で濡れた花弁を丁寧に拭われ、太腿も清められる。布が肌を滑る感覚すら、陶然とする快楽を運んできた。時折、彼が際どい場所に触れてくるものだから、いつまで経っても悦楽が引かない。

リアナはひくひくと四肢を震わせ、奉仕とも甘い責め苦ともつかない行為を受け入れた。

「……リアナ様、私の前以外で、そのような泣き顔を見せてはいけませんよ」

「ん、ん……っ」

濃厚なキスで呼吸を奪われ、少し苦しい。リアナの目の縁に溜まっていた滴が、ポロリとこぼれた。

だがその涙は、先ほどまでのものと種類が違う。

悲しみでも不安でも、もどかしさからでもない。ただ純粋に、愛しいせいだ。胸いっぱいの愛情に翻弄され、リアナは力の入らない両腕を持ち上げた。

「お願い……抱きしめて」

「喜んで。私の、リアナ様」

広い胸に抱き寄せられ、逞しい腕に囲われる。リアナにとって安らげる場所は、ここ以外どこにもない。ずっとこうしていられたら——と叶うはずもないのに、願わずにはいられなかった。

——破滅の足音がどこかから聞こえてくる。

もはや一刻の猶予もない。

ルクレティアは今頃、己の不在中にロードリックとリアナが親密な関係になったと報告を受けているだろう。それをどう判断するかは、未知数だ。

息子を盗られたと憤るか、それとも孫の誕生を心待ちにするか——

どちらにしても、ロードリックが軽い流行り病に罹っていると信じている間は、何も行動を起こさないに違いない。

下手にリアナに手を出して、万が一にも我が子の反感を買いたくはないはずだ。女嫌いで極度の潔癖症のロードリックが今になって妻に興味を持ったと、どこまでルクレティアが鵜呑(うの)みにするかは分からないものの――――

　それでも、信じるしかなかった。

「……ユーウェイン……また生え際の色が目立ってきたわ……そろそろ髪を染めないとならないわね……」

「――ああ、最近忙しくてすっかり忘れていました」

　綺麗な銀色が覗く髪に指を遊ばせ、リアナは微笑んだ。確かにこのところ色々ありすぎて、彼も多忙なのだろう。そうでなくても、己の時間の全てをリアナに使ってくれているような人だ。

「……ですがこれを機に、染めなくてもかまわないのではないかと思っています」

「え？」

「目立たない方がいいというクラレンス公爵様の助言に従ってきましたが、誰も私のことなど気にしてはいませんよ。染めるのは面倒ですし、時間が惜しい。その分をリアナ様のために使いたいのです」

「でも……」

　確かに、特別な理由があってユーウェインは髪を染めていたわけではなかった。つまり絶対にやらなければならないことでもない。

　必然ではなく、本人が望まないのであれば、あえてする必要がないことだった。

「リアナ様は、私のもとの髪色がお嫌いですか？　でしたら今後も染め続けますが……」

「嫌いじゃないわ！　今の落ち着いた色も素敵だけど、私は貴方の銀の輝きが心から好きよ」

紛れもない本心を告げると、彼が心底嬉しそうに微笑んでくれた。

「よかった。ではもう髪を染めるのはやめます」

「分かったわ。考えてみたら、薬剤で貴方の髪や肌が傷んだら大変だもの。これからは染めなくていいわ。ふふ、ユーウェインの銀の髪がまた見られるのかと思うと、何だか楽しみになってくる……」

愛する人の腕に抱かれ、リアナはしばし微睡む。目覚めれば、きっと残酷な現実が待っている。

混沌とした未来から束の間逃れ、安らかな夢の中へ転がり落ちていった。


父から手紙が届いたのは、久しぶりだった。

クラレンス公爵家の当主であり、王妃の実父であるにも拘らず、彼は権力欲を一切持っていない。王都で華やかに暮らすよりも、領地でのんびり妻と過ごす方が性に合っているらしい。

そんな父から届いた手紙は、鬱屈とした日々を送るリアナに僅かな明るさを取り戻してくれた。

王妃の執務室には、今日も書類が山と積み上げられている。

だが相変わらず些末な決裁だけがリアナのもとには回されていた。ルクレティアがいるため、内容は以前にもまして小さなことが多い。宰相もあちらに呼び出されてかかりきりだ。けれど一枚ずつリアナは丁寧に目を通し、蔑ろにしないように心がけた。適当に処理していいものではない。

自分たちにとっては些事であっても、民からすれば必死な願いだ。

朝から熱心に書類の束と格闘し、ほんのひと時の休憩中に届けられたのが、父からの手紙だった。

「いつ以来かしら？　お父様ったら、筆不精でいらっしゃるから……」

「公爵様は、慈善事業や領地経営で忙しくされておられますので、仕方ありません」

ウキウキと声を弾ませつつ、つい恨み言を述べたリアナを、ユーウェインが窘めてきた。

こんなさりげなく砕けたやりとりも随分久方ぶりだ。何だか懐かしくなり、リアナの頬が綻ぶ。

彼の髪色がすっかり茶から銀に戻っていることも、昔を思い出した理由の一つかもしれない。

髪を染めるのをやめたユーウェインは、輝くばかりの銀髪に戻った。二年以上目にしていなかった姿でも、やはりこの方が彼らしいとリアナは思う。

以前の地味な茶色も堅実なユーウェインに似合ってはいたが、人目を惹く華やかな色も決して悪くない。

むしろ整った顔立ちを一層引き立て、完璧なものに見せていた。

――昔から綺麗な人だったけれど、彼はこんなに艶めいた男性だったかしら……？

何だか前よりも魅力的になったみたい。自信に溢れた雰囲気のせい？　それとも強くなった眼力が原因……？　まるで蝶が羽化したかのような――

「ユーウェインはお父様の味方なのね？」

「そんな、どちらの味方だなんて、ありません。仮に、万が一、もしも片方の肩を持たねばならないとしたら、迷わずリアナ様を支援いたします」

生真面目に眉を顰めた表情がおかしくて、リアナはクスクスと笑った。

「いいわ、そういうことにしておいてあげる」

「本当ですよ？　私がリアナ様に嘘を申し上げることはあり得ません」

懸命に言い募る彼が面白くて、ついつい揶揄いたくなる。しかしそんな気持ちはどうにか抑え、リアナは封筒から便箋を取り出した。

クラレンス公爵家の印が入った手紙からは、父が愛用する香水が漂う。懐かしい香りに、郷愁を誘われた。

「……昔を思い出すわ……」

おそらく、二度と足を踏み入れることはない故郷の風景が脳裏によみがえる。都会の華やかさはなくても、豊かな自然と人の温かさに溢れた片田舎。

自分は一生、あの場所でユーウェインと共に生きてゆくのだと、信じていられた頃が愛おしくも切ない。

込み上げる寂寥感から目を逸らし、リアナは綴られた文字を瞳で追った。

手紙には、父母の近況と娘への気遣いが溢れている。体調は崩していないか、ロードリックと睦まじく暮らしているのか、王妃として恥ずかしくないよう努めているのか――

労りに満ちていながらも当たり障りのない内容は、当然検閲されると知っているためだろう。実際、クラレンス公爵家の印が押された封蝋は、既に剥がされた痕があった。

王宮の支配者であるルクレティアの目を掻い潜って秘密の文通をするのは容易なことではない。

それを充分に承知しているからこそ、父も滅多に手紙を送ってこないのだ。余計な詮索をされ、リアナを困らせないために。

「……お二人ともお元気そう……よかったわ……」

しかしだとしても、やはり家族からの手紙は嬉しい。自分を気にかけ、大事に想ってくれていることが伝わってくる。

孤独なリアナにとって、遠く離れていても誰かが心配してくれていることは、大きな励みになった。

――お二人に心配をかけたくない……私が王太子妃に選ばれたときも、心労をかけてしまって……お父様の険しいお顔を拝見したのは初めてだったし、お母様が陰で泣いていたのも……あんな思いは二度としたくないわ……

長くはない手紙を何度も読み直し、最後に深く香りを吸った。心の中が温もって、心細さが僅かに癒える。

――でも、お父様がもう少しだけ、政治に興味を持ってくださったら……少しは何かが変わったかしら……？

中央から距離を置く父親を思うと、複雑な心地がした。

権力欲がない父は、領地から滅多に出てこない。当然、民の暮らしぶりにも無関心を貫いている。自身が治める領民からは慕われているようだが、国全体に関することからは遠ざかって久しい。

――もしも今でもお父様が王宮に出入りし、傍で支えてくださっていたら、私も心強かったのに……

考えても仕方のないことだが、やや恨めしくもあった。両親を巻き込みたくないと願う一方で、恋しくも思っている。

矛盾する自分の気持ちには、苦笑しかない。それもこれも、寂しさや不安感からきているのだろう。味方が欲しいと切に願っているせいだ。

――疲れて、弱気になっているのね……

相変わらず夫のロードリックは劇的に悪化することもないが、さりとて回復も見込めない状態が続いている。まさに一進一退で、日々リアナの疲労感は蓄積していた。

その上ルクレティアからは毎日、ロードリックの病状について問われ、叱責を受けるのだからなおさらだ。

今年の流行り病はなかなか熱が下がらず、回復してもしばらくは他者に感染させる恐れがある――と嘯き時間を稼いでいるが、それもあと数日程度しか通用すまい。全てが明るみに出るのは、時間の問題だ。

リアナが心細さを抱く原因は、ユーウェインと触れ合うことを控えていることも、理由の一つかもしれなかった。

直接肌に触れたのは、ルクレティアがプロツィア国に戻った日以来だ。それとて、指と舌で翻弄されただけで、抱かれたわけではない。

いくら離宮でも、すぐに行き来できる場所に義母がいると思えば、大胆な真似は憚られる。これまで以上に気をつけなければ、どこから秘密が漏れるか油断できなかった。

そして、未だリアナに妊娠の兆候はない。

つまり、万策尽きかけていると言える。

このままではもう打つ手はなく、ロードリックの死を待つばかりだ。そう考え、リアナは言葉の綾であっても、『夫の死を待つ』自分にゾッとした。

――私はいったい何を……

思考は同じ場所をぐるぐる回る。出口のない迷路を延々とさまよっている心地だった。そのせいか、この数日身体が重い。一人寝の寂しさもあり、熟睡できずにいる。

リアナは嘆息し、便箋を封筒に戻すため折りたたんだ。そのとき――

「……ぁ」

ぐらりと視界が撓んだ。

妙な動悸がし、息が苦しい。冷たい汗が背筋を伝い、リアナは咄嗟に椅子の肘掛けを摑み、身体を支えた。それでも眩暈は一向に治まらず、気分が悪い。

――貧血……？

このところ食欲も落ちていたので、心当たりはある。しばらくじっとしていようと息を整えていると。

「――リアナ様、顔が蒼白になっておられます。横になってください。今すぐ医師を呼んで参ります」

　こちらよりも顔色を悪くしているのでは、と心配になるほど焦った様子で、ユーウェインが駆け寄ってきた。今、部屋の中にはリアナと彼の二人しかいない。

　休憩の茶を持ってきてくれた侍女は、下がったばかりだった。

「大袈裟(おおげさ)だわ。大丈夫よ」

「いいえ、何かあっては困ります。最近、とてもお疲れのご様子ですし、夜もあまり眠れていないのではありませんか」

　やはりユーウェインには気づかれていたらしい。リアナは無理に口角を引き上げ、彼の心配を払しょくしようとした。

「その通りだけど、平気よ。怠さがあるだけで、別に――」

「怠いですって？　一大事です。今すぐ診察してもらわなくては――」

「えっ、待って……！」

　リアナの制止も聞かず、ユーウェインが扉の外に控える侍女を呼んだ。矢継ぎ早に指示を飛ばし、大急ぎで医師を呼んでくるよう命じる。更にリアナの身体を横抱きにすると、寝室へ駆け込んだ。

「本当に何でもないのに……」

「それは医師が判断することです。どうぞ横になってください」

壊れ物の如くそっとベッドに下ろされ、半ば強引に安静にすることを強いられた。もう気分の悪さはなくなっていたものの、逆らえる雰囲気ではない。

仕方なくリアナは、言われるがまま大人しく身を横たえ、目を閉じた。

そのまま待つことしばらく。

駆けつけた女性医師に幾つか質問され、脈を取られ——そこから先は一気に事態が動いた。

「——ご懐妊の可能性があります」

その一言がきっかけで。

「——……え?」

「かなり初期と思われますので、まだはっきりとしたことは言えませんが、充分可能性はあります。むしろ期待していただいて大丈夫かと」

彼女は幾つか注意事項を並べ立てた後、にこやかに破顔した。

「おめでとうございます、王妃様」

「本当に……?」

とても現実感がない。ふわふわとした夢の中を漂う気分で、リアナは医師をじっと見返した。

ずっと、そうなればいいと願っていたものの、いざ自分の腹の中に命が宿ったと言われても、すぐには信じられない。リアナの下腹は平らなままだ。何も変化は感じられなかった。

──でも、ここに私とユーウェインの子が……？

「はい。陛下と王妃様が最近睦まじく過ごされていると聞き及んでおりましたが──心からお祝い申し上げます。ですがまだまだ油断ならない時期ですので、充分お気をつけください」

当たり前だが、ロードリックとの子だと信じて疑わない女性医師の言葉に、リアナは一瞬肩を強張らせた。

しかし瞬き一つの間に、平静を取り戻す。

──この子のためなら、私はどんな罪を犯しても恐ろしくない。

世界中の人を謀ることも平気だ。自分が罵られ、後ろ指をさされることになったとしても、我が子だけは守り抜こう。

弱っていた心が瞬く間に力強くよみがえる。愛しい人との愛の結晶がリアナを勇気づけてくれた。

──まだ胎動は勿論、膨らみすら感じられないけれど、私のお腹の中に宝物がやってきてくれたんだ……

女性医師が深く首を垂れ、退出した後、室内に残されたのは数人。リアナと、身の回りの世話する侍女、それからユーウェインだった。

彼を見つめ、手を握り合いたい衝動と戦いながら、リアナは緩く息を吐く。

厳しく己を律していなければ、ユーウェインの名を呼んでしまいかねなかった。人目がある場所で、勘繰(かんぐ)られる真似をするわけにはいかないのに。

それでも彼から意識を向けられていることは感じ取れる。それだけで、心強い。互いの気配をやりとりし、言えない言葉を飲み込んだ。

罪人である自分に、こんな喜びを噛み締められる日がくるとは、思っていなかった。子を孕むことを熱望していても、それは罪悪感と隣り合わせだと覚悟していたのだ。

——ああでも、今の私には歓喜しかない……愛する人の子どもが、ここにいるのだもの……

急激に、己の身体が愛おしくなる。涙が溢れそうになり、必死で押しとどめた。もう傷つけられて弱々しく泣くことしかできない小娘ではない。自分は母親になるのだ。

そう思えば、心の底から力が湧いてくる。

——安心して、赤ちゃん。私が絶対に守ってあげる。誰にもあなたを傷つけさせたりしない。私が……お母様が守ってあげるね……

しかし感傷に浸れたのはここまで。

ルクレティアの来訪を告げられて、寝室内には緊迫した空気が流れた。

いくらリアナの体調が悪くても、義母の訪れを断ることなどできるわけもない。まともな準備を整える間もないうちに、彼女はずかずかと王妃の私室に踏み込んできた。

「——突然押しかけてごめんなさいね。でもお前を呼びつけるのも悪いと思って気を遣ったのよ？」

流石に先王妃を寝室のベッドに横たわったまま迎えるわけにはいかず、リアナは応接間にルクレティアを案内した。

王妃専用の応接間は、当然かつては義母が使っていた場所だ。けれど大した感慨もないのか、ルクレティアはちらりと視線を走らせただけで、ソファーに腰を下ろした。

「いいえ、いらしていただいて、ありがとうございます」

「気にすることはないわ。それよりも懐妊したというのは、本当なの？」

やはりとっくに聞き及んでいたのか。

この王宮内でルクレティアの目と耳はあらゆる場所に潜んでいる。ロードリックの件のように『下手をしたら我が身に咎が及ぶ』ことでもない限り、秘密を守るのは不可能だ。

あの女性医師も、例外ではなかった。支配者たるルクレティアの前で口を閉ざすことはできなかったのだろう。それを責めるつもりは、リアナに毛頭ない。

「はい……まだはっきりそうだとは言い切れませんが、おそらくは」

「驚いたわ。どうせくだらない噂話だと思っていたのに。本当にロードリックと仲を深めていたとはね。いったいどんな手を使ったのかしら？」

探る眼差しを至近距離からルクレティアに向けられても、リアナは微笑みで返した。

恐怖はある。しかしそれを上回る闘志が、怯えを打ち消してくれた。

「陛下の慈悲深い思いやりに、感謝しております」

「……ふん、あの子も少しは国王としての自覚が芽生えたということかしら？　跡継ぎは必要だものね。他の女を孕ませるよりも、一応は王妃に産ませた方が、後々余計な王位争いを引き起こさずにすむわ。お前もそう思うでしょう？」

あまりの言い草に、リアナは返事に詰まった。

それではまるで、リアナは跡継ぎを得るためだけの道具だと宣言されたのも同然だ。いや、真実ルクレティアはそう言っているのだろう。

息子の寵愛を勝ち取った女を蔑みたいがために。

リアナの背後に佇むユーウェインから微かな殺気が立ち上る。しかしそれに気がついたのは自分だけだ。

リアナが酷い侮辱を受けたことに憤っているのは、彼を振り返らなくてもよく分かった。おそらく渾身の理性を総動員し、必死に堪えてくれていることも。

また掌に爪が食い込むほど拳を握り締めていなければいいと思いつつ、リアナはユーウェインだけに伝わるよう軽く肩を動かした。『この程度、何でもない』という思いを込めて。

「……必ずや、健康な子を産んでみせます」

「王子以外はいらないわ。分かっているわよね？」

駄目押しの嫌味をぶつけられ、流石に心が折れそうになる。それでも腹の子を守るためだと思えば、リアナは毅然と背筋を伸ばし続けられた。

「……父親そっくりな子を、産みます」

言葉に含まれた毒を正確に汲み取れたのは、この場ではユーウェインだけ。

ロードリックの血を一滴も引かない子が、夫に似るはずもない。おそらく本当の父に似て、聡明で頑健な素晴らしい子に育つだろう。だが髪色や顔立ちはロードリックとかけ離れているとは言えないはず。

「そうしてちょうだい。あの子に似ていれば、私も可愛がれるかもしれないわ。お前にそっくりでは、憎々しく感じてしまいそうだもの」

言いたいことを吐き出し満足したのか、ルクレティアは席を立った。もうリアナに用はないとばかりに振り向きもせず帰ってゆく。

その後ろ姿を恭しく見送り、リアナはひっそりと口角を上げた。

自分でも、信じられないほどふてぶてしいと思う。待望の我が子を得たことで、こんなにも心境に変化が生じるのは驚きだった。

ついさっきまで疲れ果てて諦念が滲んでいたのに、今は未来への希望で世界が輝いている気すらする。ルクレティアと対峙しても、怯んでいるばかりではなかった。

――私の赤ちゃん……あなたが、お母様を元気づけ励ましてくれているのね……？

下腹を撫で、ふと上げた視線がユーウェインとから合う。言葉は一言も交わせない。室内にはまだ、他の侍女らがいるからだ。

瞬きにも満たない時間、見つめ合うのが精一杯。

だが刹那の間に、多大なる勇気をもらった。

――貴方によく似た元気な子を、絶対に無事産むわ……

声に出せない誓いは、きっと正確に彼へ伝わっている。心が通じ合っていると信じているから怖くない。

リアナはこれまでになく晴れやかに、心の底から微笑んだ。

6　王の目覚め

ロードリックの病室を訪れたのは、二日後だった。

妊娠初期のため安静に、としつこいほど念を押されているが、こればかりは省(はぶ)くわけにはいかない。何故なら彼の意識が戻りかけていると連絡が入ったためだ。

医師から望みは薄いと散々言われていたのに、いったいどういうことなのか。

リアナは縺れる脚で、急ぎ別邸に駆け込んだ。

「陛下……！」

夫が眠る部屋へ飛び込めば、ベッドの上に痩せた身体を投げ出す男がいる。艶やかだった銀髪は、今はべったりと脂(あぶら)じみ、くすんで見えた。

生気が感じられないのは相変わらず。しかし大きな変化は、虚ろに開かれていた瞳がリアナの声に反応して僅かに動いたことだ。

乾いた唇が戦慄き、何かを告げようとしている。手足は動かせないのか、頬がヒクヒクと蠢いた。

「王妃様、治療の成果で陛下に回復の兆しがございます。この様子でしたら、更によくなられると思いますよ」

誇らしげに報告する医師の言葉は、リアナの耳に入らなかった。

じっとこちらを見つめるロードリックは、明らかにリアナを認識している。ただし自分が何故ここに寝かされているのかは分からず、苛立っている様子だった。

別邸に入ることを許していないはずのリアナが現れたことにも、不満を感じているのだろう。つまりそれだけ、記憶や思考がはっきりしているということだ。

「本当に、ようございました。おめでとうございます、王妃様」

祝福の言葉がリアナの頭を上滑りする。これがおめでたいことだと、言われて初めて気がついた。そう、本来であれば、妻としては喜ぶべき場面なのだ。

けれどリアナの心は凍えたまま動かない。

考えてはいけないと思うほど、『どうして』と思う自分がいる。何故今更と疑問が渦巻き、純粋に歓喜するリアナはどこにもいなかった。

もしもこれが、妊娠発覚の前であれば、安堵で泣き崩れるくらいしたかもしれない。

ロードリックが生きていてさえくれれば、ルクレティアも最悪な手段を選ばないはずだ。

多少荒れることがあっても、息子の治療に集中し、無駄な粛清には走らないだろう。

しかし事態は、ロードリックが事故に遭う前と大きく変わった。

リアナの腹には、新たな命が宿っている。その子は『国王の子』でなくてはならない。

だが夫はそれがあり得ないことだと知っている。二人の間には、ただの一度も夫婦関係がなかったのだから。

――もしもロードリック様がしゃべれるまで回復したら……

自分は勿論、腹の子も無事でいられるはずがなかった。それどころか、ユーウェインや両親も大罪人として裁かれる可能性がある。

あまりの衝撃によろめいたリアナは、途切れそうになる意識を必死に手繰り寄せた。今、倒れるわけにはいかない。

夫の回復が奇跡だとしたら、神はとことんリアナに救いを与えてくれるつもりがないらしい。どこまでも苦しめ、試練を課すと言いたいのか。

「王妃様が陛下のため懸命に努力されたおかげですね。素晴らしい献身でしたもの」

何も知らない医師や侍女らが笑顔でリアナを褒めそやした。彼らにしてみれば、これで自分たちの身の安全を守れたと思っているのかもしれない。

リアナも当然喜んでいると信じて疑わない人々の言葉にあてられ、吐き気が込み上げた。

ドクドクと煩いくらい心音が暴れている。嫌な汗が全身に滲み、指先が麻痺しそうなほど冷えきっていた。

こちらに据えられたロードリックの眼差しが、不機嫌さも露にリアナを射貫く。それは、罪を暴く視線でもあった。

——ああ……私は……

考えることさえ悍ましい言葉が、何度打ち消しても浮かんでくる。

いっそ『死んでくれたらよかった』と願う自分が炙り出された心地がした。

あらゆる手を使ってロードリックを治療しようとしていたのは事実だ。叶うなら助かってほしいとも祈っていた。愛していなくても人の情として、それが当たり前だとも思っていたのに。

胸の奥底に沈めた本心は、別ものだった。

自分は、夫の回復を本音では望んでいなかった。助からないと思っていたからこそ、全力で足搔いてみせただけ。

言ってみれば、周囲に対する演技でしかなかったのだ。良き妻として。理想的な王妃として。誰にも後ろ指をさされないために。

「……陛下の容体は……突然、回復されたの……？　ずっと意識が戻る可能性は低いと報告を受けていたけれど……」

「え？　いいえ、ここ最近は目覚ましく改善されておりました。私共は、そう申し上げていたはずですが？」

医師の言葉がリアナの頭の中で奇妙に反響した。

聞き間違いだろうか。自分が把握していた話と違う。希望はない、時間の問題だと報告を受けていたのは、己の勘違いなのか。

リアナは記憶を探ろうとしたものの、上手くいかなかった。心が乱れ、何もまともに考えられない。冷静さをなくし、思考は纏まらなかった。

「――王妃様、失礼いたします」

再び眩暈に襲われたリアナの足が縺れる。倒れずにすんだのは、背後からそっと支えてくれる手があるから。相手が誰かなど、考えるまでもない。振り返らずとも分かる。

心に沁み込む柔らかな声に、泣きそうになった。

絶望感で一杯だったリアナの内側に光が差し込み、冷静さを取り戻してくれる。そんな存在は、たった一人しかいなかった。

「ユーウェイン……」

「安心して気が抜けてしまわれましたか？　もうお一人ではない大事なお身体ですので、僭越（せんえつ）ながら私がお支えします」

「あ、ありがとう……」

リアナとユーウェインが寄り添い合う姿をロードリックが見ている。何か察するものがあったのか、夫の口から呻きが漏れた。獣じみた声は、まるで糾弾。リアナを責めていると感じたのは、こちらに罪の意識があるためか。

驚いた医師たちがバタバタと動き、ベッドの周囲に集まってゆく。その隙間から、憎々しげにこちらを睨むロードリックの双眸が覗いた気がした。

——まさか——……いいえ。たったあれだけのことで私たちの関係に気づくわけがない。気のせいに決まっているわ……それに私の妊娠については、限られた人間しかまだ知らない事実だもの。

まして夫は、リアナに興味などない。ならば妻の変化に敏いとも思えなかった。

頭では冷静にそう考えられるのに、リアナの胸に嫌な予感が広がる。じりじり滲む黒い感情は、消せない染みそのもの。

つい狼狽し、そっと目を逸らさずにはいられなかった。

「……リアナ様、医師たちの治療を邪魔するわけには参りません。いったん病室を出ましょう」

「え、ぁ、そうね……」

他者がいる前でユーウェインに『王妃様』ではなく『リアナ様』と呼ばれた驚きに数度瞬く。しかし、抱いた違和感よりも、この場を逃げ出したい衝動に抗えなかった。

「さぁ、行きましょう」

僅かに強引に立ち位置を変えられ、ロードリックからの視界が遮られる。大柄なユーウェインの身体に阻まれ、夫の姿は完全に見えなくなった。そのまま、リアナは押し出されるようにして歩き出す。

肩に添えられたユーウェインの手が熱い。

ドレス越しなのに、はっきりと彼の体温が感じられた。いつも以上に背中を守られている心地がするのは、二人の距離が近いせいかもしれない。普段なら数歩離れて付き従うユーウェインが、まるで張り付くようにリアナの真後ろに控えていた。

呼吸すら感じ取れそうなほど接近し、衣擦れの音が妙に煩く耳に届く。

二人きりでもないのに、こんなユーウェインは珍しい。不思議に感じ、リアナが振り返ろうとすると――

「案じることはありません。全て上手くいきます。私が絶対に貴女をお守りいたしますので――」

耳元で囁かれた声が媚薬に変わる。甘く響き、リアナの心を掻き乱した。

これまで数えきれないほど『守る』と告げられているのに、今日は何故かひどく落ち着かない気分になる。その理由は不明なまま、リアナは背後を振り向く機を逸した。

「全て、私を信じて任せください」

「え、ええ」

ユーウェインを信じているのは言うまでもない。だからリアナは何一つ疑うことなく頷いた。

大きな身体が真後ろを歩いているせいか、あらゆるものから庇護されている安心感がある。己の醜い心まで、覆い隠してくれる錯覚を抱いた。彼がいてくれれば、本当に何もかも大丈夫であるかのような――根拠のない安堵がリアナの胸に満ちる。

ロードリックからの視線は、もはや微塵も感じなかった。

「――少し横になられてから王宮へ戻りますか？」

「いえ、平気よ」

自分を労ってくれるユーウェインと共にリアナがロードリックの病室を出ようとした、まさにその時。

「――ロードリック……！　これはいったいどういうことなのっ」

女の絶叫が別邸に響き渡った。

反射的に身体が強張る声。威圧感のある声音は、命令することに慣れている証。空気を一瞬で張り詰めさせたその声の持ち主は、リアナの行く手を阻むように立ち塞がっていた。

「お……義母、様……」

「ああ……私の可愛い息子……！」

ルクレティアが見ているのはリアナではない。その奥、部屋の中を凝視している。普段は何を考えているのか悟らせない双眸が、今日はカッと見開かれ、動揺を露にしていた。

「流行り病はもうほとんど回復したのではなかったのっ？」

どうして彼女がここに。錆びついた思考が上手く働いてくれない。ただ、『考え得る中で、一番悪いタイミング』であることだけは理解できた。

「どきなさい、邪魔よ！」

「……ぁっ」

「リアナ様！」

室内に駆け込むルクレティアに突き飛ばされ、リアナは大きくよろめいた。咄嗟にユーウェインが支えてくれて倒れ込まずにすんだものの、戦慄く膝は役立たずで、まともに一人で立っていられなくなる。

ぐるぐると世界が回る。このままでは全てが瓦解してしまう。

最悪の状況を目の当たりにして、リアナの呼吸が激しく乱れた。

「リアナ様、落ち着いてください。ゆっくり息を吸って——そのように動揺されては、お腹の子に悪影響を及ぼします」

「……ッ」

冷静なユーウェインの言葉で理性を取り戻したリアナは、萎えていた両足に力を込めた。同時に、この場を取り繕うため全力で頭を働かせる。

まだ、全部が終わったわけではない。ロードリックが意識を取り戻したとしても、未だ意思疎通ができるとは言い難かった。ならば、挽回できる猶予はある。

「お義母様――――」

「ああロードリック、しっかりして！　可哀想に……こんな状態になるまで何故放置していたのっ？」

実際には放置していたのではなく、ようやくここまで回復したのだ。しかしそれを説明しようにも、興奮しきったルクレティアは誰かれかまわず叫び散らした。

「お前たちがロードリックにこんな仕打ちをしたのか！」

「お、落ち着いてくださいませ、先王妃様……わ、私たちは……王妃様の命令に従っただけで――――」

「何ですって？」

ロードリックが横たわるベッドに縋りついて喚いていたルクレティアが、すばやくリアナを振り返った。その眼差しは殺気を帯び、ギラギラと底光りしている。視線だけで射殺されそうな強さに、リアナの喉からか細い悲鳴が漏れた。

「……お前、どういうつもりなの……まさかこの私を騙そうとしていたの……？　おかしいと思ったのよ、流行り病にしてはなかなか良くならず、その上腹に子がいるのに、病人に会いにくるなんて……」

疑り深いルクレティアのこと。初めからリアナの言葉を全て鵜呑みになどしていなかったのだろう。そこへきて、今日リアナが突然別邸へ足を運んだことで、余計に疑念を深めたらしい。

公にはできないことか。疚しいことか。どちらにしても、秘密の匂いを嗅ぎつけた。故に後をつけ、こうして踏み込んできたのだと思い至り、リアナは自分の迂闊さを呪う。たとえロードリックの意識が戻ったと報告を受けても、軽々しくやって来てはいけなかった。もっと慎重に行動すべきだったと後悔したが、後の祭りだ。

伏せておきたかった事実は、白日の下に晒された。

ゆらりと立ちあがったルクレティアが一歩ずつリアナに近づいてくる。泣き濡れ、赤く染まった眦が吊り上がり、恐ろしい形相になっていた。

「――流行り病ではないのでしょう？」

問いながらも確信している声に、その場の誰もが竦み上がった。嘘を貫き通せる者はいない。医師や侍女らは蒼白になって、その場に平伏した。

「も、申し訳ありません、先王妃様……！　陛下は落馬され、大怪我を負われました。我々の治療によりやっとここまで回復したのです……！　こ、これは奇跡にも等しく

――」

「黙りなさい！」

「ひっ」

額づいたまま許しを乞う医師は、ルクレティアの一言でブルブルと震え出した。この場で、ルクレティア以外に自分の足で立っていられた者は少ない。

彼女に付き従って共に別邸へ来た宰相、リアナ、それからユーウェインだけだ。つまり秘密を知り、大罪に加担した者のみが這い蹲ることなく顔を上げていた。

緊迫した空気が肌を刺す。呼吸さえ憚られる圧迫感。

誰一人身動きもできない中、ルクレティアがギリギリと奥歯を噛み締めた。

「お前は全て承知の上で、ロードリックから私を遠ざけたのね？　薄汚い女め……どんな魂胆があったの……っ！」

「きゃ……っ」

激昂したルクレティアがリアナに摑みかかろうとした直前、ユーウェインが背に庇ってくれた。大きな背中が、絶対的な安心感を与えてくれる。

しかし彼の行動は、ルクレティアの怒りに一層薪をくべたらしい。

「お前！　この不届き者っ、そこをどきなさい！」

「無礼をお許しください、先王妃様。王妃様はお一人の身体ではありません」

空気がビリビリとひび割れるような大声にも、ユーウェインは怯まず冷静な声音で返した。一歩も引くつもりはないと言わんばかりに、自らの身体でリアナを庇い、隠してくれる。『守る』と言葉だけではなく態度で示され、リアナの戦慄いていた脚も落ち着きを取り戻し始めた。

「だから何だと言うの！　子を孕んだからと言って、ロードリックの状態を私に隠した事実は変わらないわ。いったい誰のせいでこんなことになったのか、説明なさい！」

「陛下は、供をつけず、お一人でいらっしゃる際に落馬されたそうです」

言外に誰の落ち度でもないとユーウェインは匂わせたが、それはルクレティアの望む答えではなかったらしい。彼女はますます険しく顔をしかめ、室内にいる全員を睨みつけた。

「では馬の世話をしていた者、ロードリックを見失った従者、その日警護を担当していた護衛騎士、適切な治療を施せなかった医師、私に報告を怠った者たちを、全員処刑しましょう。勿論、その家族、友人、庇う者全てです」

「わ、私たちは精一杯、陛下をお助けするため手を尽くしました！　だからこそ意識を取り戻されたのです！」

悲鳴を上げた医師が、ルクレティアの足下で土下座した。侍女たちも、これ以上ないほど身を縮めている。

恐れていた事態に、リアナは深呼吸を繰り返した。

ユーウェインの背に隠れたままではいけない。悲劇を止められるのは、自分だけだ。乾いた舌を引き剝がし、大きく息を吸う。

「……お待ちくださいい、お義母様。陛下の件はあくまで事故——そのように無慈悲な真似をなさっては、お義母様の体面に傷をつけてしまいます」

「——お前、まさか自分は例外だと思っていないでしょうね？　この私を欺こうとしたのだもの……ただではすまさないわ」

ルクレティアの憎悪の矛先が、リアナに定められた。

もしも眼差しで人を殺せるなら、今この瞬間に自分の心臓は鼓動を止めていたかもしれない。そう訝らずにはいられないほど、怜悧で苛烈な瞳だった。

懸命に足を踏ん張っても、膝が笑う。

数年の間に植え付けられた恐怖心は、簡単に消えてくれない。それでもリアナはユーウェインの陰から出て、決して視線を逸らさず、ルクレティアと正面から向かい合った。

「お考え直しください。陛下も、お義母様がそのようなことをされるのは、望んでいないと思います」

実際には、ロードリックは自分のせいで誰が咎を受けても、一片も気にかけないだろう。むしろ母親と同じ思考を抱くに違いない。二人はとてもよく似ている。

だがリアナは堂々と嘘を並べ立てた。

「お義母様が興奮なさることは、最も陛下が望まないことです。お身体に障りますわ。陛下が誰より大切に思っておられるお義母様まで倒れたとあっては、回復なさった陛下がどれほど悲しまれることか」

「そ、そうです、先王妃様。陛下はとてもよくなっておられます。か、必ずや元のように回復なさいますので、どうぞ今しばらく私たちに時間をくださいい……！」

命乞いに等しい懇願がルクレティアの耳に届いたか定かではないが、憤怒で真っ赤に染まった彼女の顔が微かに和らいだ。

あともう少し、時間を稼がなくては。せめてこの場を凌がなければ、確実に血の雨が降る。やがてそれは、プロツィア国そのものを揺るがす嵐になるだろう。

――それだけは、駄目。この子に……私とユーウェインの赤ちゃんに平和な国を譲り渡すと決めたのだもの……！

「一国の王が不注意から大怪我を負ったというのも、外聞が悪いのではありませんか。ここは民と同じ流行り病の苦しみを知った上で、完全に回復したと印象付ける方が得策です」

「――随分、口が上手くなったものね」

幾分冷静さを取り戻したルクレティアが、忌々しげにリアナを見た。欠片でも耳を傾ける気になってくれたのなら、上々だ。

リアナはあと一押しするつもりで、自らの腹に手を当てた。

「……私も母になりますので、強くあらねばと思ったのです。どうぞ祖母として、この子の誕生を共に待ち侘びてくださいませんか」

「――――……ふん。お前を殺してしまいたいところだけれど、ロードリックの子を身籠っていては、それもできないわね。忌々しいこと。運だけはいい女だわ」

――――やった……？

リアナは初めて真っ向からルクレティアに立ち向かい、惨めに許しを乞うだけではなく、自分の言葉で言いたいことを声にし、説得に成功した。達成感に全身が震える。

この喜びは、おそらく他の誰にも理解しきれないに違いない。今初めて、自分がこの国の王妃だと胸を張って名乗れる気がする。

なすべきことを一つでもなせたのだと、歓喜が膨れた。

だがその高揚は、ロードリックの呻き声により、僅か一瞬で断ち切られた。

「う……ぅうう……っ」

「ロードリック……っ？　苦しいの？　そこのお前、早く何とかなさい！」

息子に駆け寄ったルクレティアが再び声を張り上げた。ベッドの上では、指一本動かせないロードリックが必死で何かを訴えようとしている。その目は茫洋としたものではなく、しっかりと意志が宿ったものだった。

夫が見ているのは、母親ではなくリアナ。入り口付近に立つ妻を、蔑み憎む鋭い眼差し。

彼が動かせるのは眼球だけであるにも拘らず、告げようとしている内容がリアナの望まぬものであることが、はっきりと分かった。

「なぁに？　ロードリック、無理をしちゃ駄目よ。お母様はここにいるでしょう。いったいどこを見ているの？　ああ、じっとしていなさい」

猫撫で声のルクレティアが、愛おしげに我が子の腕を摩る。しかし息子が一心不乱に見つめ続ける先がリアナであることに、気がついたらしい。

「どうしたって言うの？　そんなに必死になって……あんな女よりも、お母様が手を握ってあげるわね。いくらこれから父親になるとしても、貴方は私のたった一人の可愛い息子ですもの――」

息子以外には決して向けられない微笑みが、その瞬間凍りついた。言ってみれば、母親の勘。それ以外にない。

もともとルクレティアは非常に敏く、疑り深い。信じているのは自分自身と血を分けたロードリックだけ。

そんな彼女が必死な息子の様子に、違和感を抱かないわけがなかった。

「――まさか、お前……」

ゆっくりと、ルクレティアがリアナを振り返る。

隣に立つのは、何かあれば身を挺してリアナを庇おうとしてくれているユーウェイン。

忠実な護衛騎士は、自らの腕でリアナとルクレティアの間を控えめに遮った。

これまでとは違う、その微妙に近い距離感と親密な空気は、他の者ならば嗅ぎ取れない僅かな変化だ。だが我が子の危機に母親の直感が勝ったとしても、不思議はなかった。

「……その腹の子は、誰の種なの」

「……っ」

リアナの懐妊について何も知らされていなかった医師と侍女は、全員が目を剝いて立ち竦んだ。勿論、リアナ自身も。

冷たい汗が全身から噴き出る。喘ぐ呼吸は、全く空気を取り込めない。息苦しさのあまり、リアナは一言も発することができなかった。

何をおっしゃっているのですかと、首を傾げなくては。心底身に覚えがない言いがかりだと、憤ってもいい。又は苦笑を浮かべ、この場を乗り切らなければ。だが、凍りついたリアナの表情は、どうにも動いてくれなかった。

「――ああ、そう……そういうことだったのね……私がいない間にロードリックと親しくなったなんて、あり得ないと思っていたのよ……どうりで……ふ、あははははっ」

ルクレティアの哄笑(こうしょう)だけが室内に響き渡る。他には誰も、身動き一つできなかった。

「上手く私を騙したつもり？　残念だったわね。――王妃の密通は、死に値する大罪よ。もしやそれを隠すために、息子を亡き者にするつもりだったのかしら？　愚鈍(ぐどん)に見えて、恐ろしい女ね」

「ち、違います……！」

「お黙りなさい！」

とんでもない誤解に、リアナは必死で頭を左右に振った。

それだけは、絶対に違う。あくまでもロードリックの事故が全ての始まりで、きっかけだ。流石に国王を亡き者にしようとまでは考えたこともなかった。

しかしリアナの返事など、ルクレティアにはどうでもいいことでしかない。

既に彼女は、リアナの腹に宿る子の父親がロードリックではないと気づいている。どれだけ言葉を並べ立てても、覆すことは難しかった。

「――大罪人を捕らえなさい」

「……！」

ルクレティアの護衛騎士が一斉にリアナとユーウェインを取り囲む。刃を向けられ、身動きが取れない。咄嗟にユーウェインがリアナを守ろうと剣を抜いてくれたものの、明らかに多勢に無勢だった。

「息子の病室を血で汚すわけにはいかないわ。医師と看病する者以外は、全員外に出なさい」

死神の鎌が、首に突きつけられているのを感じる。逃げ道は、どこにもない。

万策尽きたリアナは、無意識に己の腹を庇った。

──私には、何も守れないの……？

護衛騎士たちに包囲されたまま、リアナとユーウェインはじりじりと後退した。部屋の外へ出て、広く開けたホールまで追いやられる。

蒼白になった宰相が視界に入ったが、彼に助けを求めることも叶わなかった。

誰にも、自分たちを救うことはできない。神でさえ、リアナたちを見捨てた。いや、こちらから見切りをつけたのだ。

だからこそリアナは、窮地に陥った今も無慈悲な神に祈ろうとは微塵も考えなかった。

「──さて、言い訳くらいは聞いてあげようかしら。その後に、お前の腹を割いて首をクラレンス公爵家に贈ってあげるわ」

「父と母には、何も咎がないことです……！」

「咎がないですって？　よくもまぁ図々しく言えたものね。娘の不始末は親が責を負うのが当たり前でしょう。──全く……大人しくしているから生かしておいてやったのに、とっととクラレンス公爵家も目障りな家と同じように取り潰しておけばよかったわ」

「……え？」

耳を疑う発言をされ、リアナはしばし呆然とした。

ルクレティアの言い方では、まるで他の家が彼女の一存で没落させられたようではないか。

確かに、王家に次ぐ権力を持つ家門は少ない。古い歴史を持つ家も、この三十年以内に随分絶えた。後継者が不慮の死を遂げたり、不祥事を起こし断絶させられたりしたせいで。それもあって敵対勢力が消え、ルクレティアの力は揺るぎないものになったのだ。

──待って……それらが全て、偶然ではなかったとしたら……

リアナの脳裏に、蝕まれてゆくこの国の姿が見えた。害虫に集(たか)られ、萎れ枯れてゆくのを待つ大木。成(な)す術(すべ)なく倒れるまで──

──いいえ、馬鹿げた妄想だわ……いくらルクレティア様の出身国が他国だとしても、プロツィア国は我が子の祖国でもあるのに……

頭の中で否定するたびに、リアナの動悸が激しくなる。すぐさま別の反論が浮かび、心が乱れた。

考えてみれば、有力貴族だった名家が衰退し始めたのは、ちょうどルクレティアがエレメンス大国から嫁いできた頃からではないか。

もっとも、三十年の歳月は長い。その間には、情勢が変わり没落してゆく家があってもおかしくはなかった。

だが現在残っているのはどれも、爵位は立派でも経済的に厳しい家や、あまり影響力を持たない下級貴族ばかり。そしてルクレティアを支持する家柄だけだった。

その中で、公爵の地位を持ち、潤沢(じゅんたく)な財を築いているクラレンス公爵家は異例だ。歴史も古い。本当ならそれなりの権力を有していない方が不思議だった。

　けれどあえて隠れるように領地へ引き籠り、滅多に娘へ連絡も寄越さず、王宮と距離を置き続けている理由は――

――まさか、お父様は……

「お前の父親は利口よ。何も欲さず口を噤み、生き残る術を心得ている。ただ、娘がもう少し使い物になれば、最高の道具としてこれからも生かしてやったのに」

　かつては要職についていた父親が、突然田舎に籠り息を殺して生きてきたのは、家族や領民のためではなかったのか。

　ルクレティアに媚びへつらうことをよしとせず、さりとて明確に敵対するわけにもいかず、選べた道がそれだけだったとしたら。

　穏やかで欲のない、『無害』な父。愛情深いけれどどこか距離のある、意欲が乏しい父。

　これまでリアナが認識してきた父親像が、大きく変わった。

――ああ、お父様……！

　臆病風に吹かれたのでも、熱意を失ったのでもない。ただ大事なものを奪われないためには、ルクレティアから離れ、権力に一切の興味がないふりをするしかなかったのだ。それこそが、リアナや家族、自分を慕う領民たちを守ることでもあった。

――だからお父様はずっと……

そんな父ならば、リアナが王太子妃に選ばれたときは、どれほど悩んだだろう。本当なら、絶対に嫁がせたくなどなかったはずだ。ルクレティアの思惑はハッキリしている。それなりの爵位を持っていても煩く口を挟んでこない、『便利な』家柄。更に言えば、父の爪と牙が抜かれたままであることを、確かめたい意図もあったのではないか。

もしも断れば、粛清対象になるのは間違いない。

そもそも王族からの打診を、一貴族が撥ねつけられるわけもなかった。

初めから定められた婚姻も同然。泣く泣く娘を差し出す以外選択肢はなかったに違いない。幸せになれないとしても、命を喪うよりはいいと考えて――

――ごめんなさい、お父様……私はそんなことも分からず……

知らないうちに守られていた。

膝から力が抜け、倒れ込みそうになる。リアナはユーウェインに肩を抱かれ、ハッと我に返った。

「……ユーウェイン……」

「お気を確かに、リアナ様。活路は私が拓きます」

この状況では奇跡でも起こらない限り無理だ。周囲は敵ばかり。それでも、彼の力強い言葉と腕に、リアナの震えは治まり、自力で身体を支えられるようになった。

――最期まで、一緒に。

きっと今の言葉はそういう意味だ。ユーウェインが傍にいてくれるなら、恐怖は和らぐ。

もはや人目を気にする必要もなくなったリアナは、じっと彼を見つめた。肩を抱いてくれる大きな手に、自身の手を重ねる。

滲む温もりが、こんなときなのに幸せを感じさせてくれた。

――貴方と一緒なら、もう何も怖くない。愛しているわ、ユーウェイン……。

「汚らわしい！　王家の血筋が危うく下賤なものに冒されるところだったわ。これだから国内から息子の妻を選ぶのは嫌だったのよ。最初から我が祖国から迎えていれば――」

「――完全にプロッツィア国を乗っ取り、食い物にすることができたのに？」

リアナに囁きかけてくれた優しい声とは打って変わった冷ややかさで、ユーウェインが吐き捨てた。己の立場を弁えた彼が、遥かに格上の身分であるルクレティアに、こんな物言いをすることが信じられない。本来であれば直接口をきくことすら許されない立場だ。

いつにない不遜な空気を漂わせるユーウェインに驚いて、リアナは瞠目した。

「ユーウェイン……？」

「――お前、まさか私に言っているの？　クラレンス公爵家の犬は、当たり前の躾もされていないのね。――この無礼者を、今すぐ斬り捨てなさい！」

ルクレティアの命令に、リアナたちを包囲する輪が狭まった。突きつけられた剣先が近づき、ユーウェインがリアナを片腕に抱きかかえてくれる。

しかしユーウェインに隙がないのか、ルクレティアの護衛騎士はそれ以上踏み込めず、じりじりと膠着状態になった。

「何をモタモタしているの、早くなさいっ」

「で、ですが王妃様にも傷を負わせかねません」

「だから何なの？　どうせ二人とも処刑するわ。早いか遅いかの違いよ」

リアナの腰を抱くユーウェインの腕に力が入り、二人の身体が一層密着した。自身の心音が煩いほど打ち鳴らされる。呼吸が乱れ、少し苦しい。

だがピッタリと身を寄せ合っているからこそ、リアナは気がついた。

――何故彼はこんなに落ち着いていられるの……？

ユーウェインは至極冷静なまま。息も心音も平素通りだ。何より、僅かな動揺も窺えない表情が、冷徹に周囲を睥睨していた。

まるで支配者の覇気。他者を従わせる威圧感。

命じられることに慣れた者ほど、それを強く感じ取ったのだろう。騎士らは全員、戸惑うように腰が引け始めた。

「王家の血筋――ね。そんなものはとっくに途絶えようとしていたのに？　陛下は先王様の血を引いていない。貴女がエレメンス大国から連れてきた、かつて寵愛していた銀髪の愛人の存在を、私が知らないとでも？」

「……ッ」

ざわっと、音にならない衝撃がその場に広がった。

聞きかじっただけで危険が及ぶ王家の醜聞に、誰もが耳を疑う。幻聴であればいいと皆が顔を見合わせ、ゴクリと喉を鳴らした。

「な、何を馬鹿げたことを……」

「その愛人も今はお払い箱なので、当時を知る者はほとんどいないようですが」

「お前のくだらない妄想を聞いている場合ではないわ。どこに証拠があるというの！」

一瞬動揺を見せたルクレティアは、『当時を知る者はほとんどいない』と聞いて再び勢いづいた。どこかホッとして見えるのは、おそらく勘違いではない。

リアナは呆然としたまま、ユーウェインとルクレティアとの間で視線を往復させた。今聞いたことが上手く頭に入ってこない。

しかし初めて目にするルクレティアの様子に、何が真実なのかを悟った。それは他の者も同様だったのだろう。

明らかに騎士たちも戸惑っている。ルクレティア付きの侍女に至っては、愕然とし、棒立ちになっていた。

「——証拠なら、ここにありますよ」

その時、新たな人物の声が朗々と響き、全員の視線がその人間に集中した。勿論、リアナも。

　ただ、この場にいるはずがない人の登場に、目にしたものが信じられなかった。

「……お父様……？」

　顔を合わせるのは、二年以上前のリアナとロードリックの結婚式以来だ。

　三十年近く領地に引き籠って、王都に出てくることも稀な父親が、平然とした顔で佇んでいる。しかもユーウェインと同じく、怯える雰囲気も狼狽した様子もない。ひどく落ち着き払っているのが、あまりにも奇妙だった。

　飄々（ひょうひょう）とした様は記憶の中の父と大差ない。しかし、随分痩せたと思った。

「遅くなって悪かったね、ユーウェイン」

「いいえ。ここまでいらしてくださり、ありがとうございます。クラレンス公爵様」

「君から連絡を受け、急ぎ駆けつけたんだが――ギリギリになってしまった。どうにか間に合ってよかったよ。宰相殿も、ありがとう」

　離れた場所に立っていた宰相が深々と頭を下げる。その双眸は微かに潤んでいた。

　三人の男の様子は、明らかにこうなることを予測していたものだ。目線でやりとりされるのは、彼らが何らかの繋がりを持っていたことを示している。

　状況が呑み込めないリアナは、無為に瞬くことしかできなかった。

「クラレンス……今更、いったい何をしに出てきたつもり？　お前如きが私に物申せると思っているの？」

ルクレティアがより声を張り上げ、リアナの父を睨みつけた。騎士らに向け『全員捕らえろ』と再度命令するが、動きは鈍い。

想定外の闖入者に、誰もが惑っていた。最初に行動するのが自分になることに、躊躇いを覚えている。異常事態の中、冷静さを欠いた主よりも落ち着き払った男たちに気圧されているのが明白だった。

「……約三十年前、私は大事なもののためにこの国を見捨てました。ルクレティア様の横暴を見て見ぬふりをし、エレメンス大国の干渉も放置した。――あのときは他に道がなかったのだといくら言い訳しても、過去の事実は変わらない……けれどその罪を、今ここで清算しようと思います。これ以上、娘を苦しめないために」

「お父様……！」

やはりリアナが思った通り、父は長い年月苦悩していたらしい。だが今日、駆けつけてくれた。全てを擲ってでも、娘を守るために。

「でも、何故私たちが今日この別邸にいると……？」

期せずしてルクレティアまでがこの場に来ている。端的に言えば、プロッツィア国にとって主要な人物は、全員ここにいると言っても過言ではなかった。

まるで、何者かに操られたようだ。それぞれ自分の意思で行動したように見せかけられながら、実際には誰かが描いた台本通りに――

――私が今日別邸に来たのは、ロードリック様の意識が戻りかけていると聞いたから。でも彼はどう見ても、もっと以前に回復していた。それに、医師たちは前からそう報告していたと言っていなかった……？　だとしたら、何故今？　しかもルクレティア様は私を監視していたからこそ、不審に思って追ってきたのよね……？

違和感がぞろりと首を擡げた。だが深く考えてはいけない気がする。

リアナは不安の滲む気持ちを拭いたくて、視線をさまよわせる。すると目が合った父が穏やかに微笑んでくれた。

「半月以上前、ユーウェインから秘密裏に届いた手紙に、そう指示されていたからね。受け取ってすぐ私は王都へ向け出発した。以来細かい打ち合わせを宰相殿として、今日こうして決着をつける運びになったんだよ」

「え……？　ですが、二日前に私はお父様からお手紙をいただきましたが……」

「ああしておけば、誰もが私はずっと領地から動いていないと思うだろう？」

何もかもが計画。けれどどこからどこまで？　そして誰の？

ブルリと戦慄いたリアナの肢体は、ユーウェインに強く抱きこまれた。

「決着ですって？　身のほど知らずな……誰でもいい、この不届き者たちを斬った者には褒美をやるわ！　目障りな塵を片付けなさいな！」

「塵は貴女です。ルクレティア様。プロッツィア国に集る害虫は正統後継者である私が断罪する」

ユーウェインが構えた剣がまっすぐルクレティアへ向けられた。

「駄目よ、ユーウェイン……っ！」

不敬罪、反逆罪。ごまかしのきかない罪を次々に犯したユーウェインに、リアナは愕然とした。これでは言い逃れなど不可能だ。この場を逃げ果せるわけもない。

蒼白になって彼を見上げ、そこでハタと気がつき、言葉を失った。

——今、彼は何と言った……？　『正統後継者』と名乗らなかった……？

もしもロードリックが本当に先王の血を引いていないとしたら。プロッツィア国には現在、王冠をいただくべき近しい血筋の者はいないことになる。

浮かび上がる『事実』にゾッと背筋が冷えた。万が一自分が夫であるロードリックの子を孕んでも、その子は『王の子』などではあり得ないからだ。

愛していない。愛されてもいない。そんな相手であっても嫁ごうと決めたのは、ひとえにプロッツィア国のためでもあった。リアナにできるのは、王妃として跡継ぎを産むこと。心を殺してでも——その決意を根底から覆され、嘲笑われた心地がした。

——だとしたら、私は何のために……っ、いいえ、それよりも——

「正統後継者ですって？　何を寝言を言っているの。薄汚い犬如きが」

「私は、先王様と側妃の間に生まれ、生後すぐにクラレンス公爵家へ預けられた。全ては我が子が殺されることを恐れた父と母の『権力争いに巻き込まれず、普通に生きてほしい』という願いのもとに――――その母も、産後の肥立ちが悪くすぐに儚くなったそうですが」

先王は好色で、愛人や側妃は数多くいた。けれど生まれた子どもは大多数が早世し、生き残った者はごく少数。それも女児ばかり。ほとんどは十になる前に命を落とした。死因は様々ではあったが、不自然と言えばその通りだ。

――それらも全て、ルクレティア様が……？

恐ろしい。しかし彼女ならばやりかねないとも思う。我が子のロードリックを確実に王位につけるため、他の邪魔者を排除するくらいはしたはずだ。むしろこれまで、リアナがそう思い至らなかった方が不思議だった。

「戯言ね。頭がおかしい人間の妄想話なんて、とても聞いていられないわ。クラレンス、お前もこの男に加担していたの？　だったら娘共々、斬首刑は免れないと思いなさい」

「――――私の罪は、全て知っていながら過ちを正さず、公爵としての義務を放棄したことです。ですからその責は負いましょう。けれどルクレティア様のおっしゃる『妄想』には同意しかねます。当時のことは私が覚えておりますし、証拠もある。――――ユーウェインを我が子であると先王様が証明した品も残されております」

一言ずつ区切るように父が発言した。明瞭な声がホールに響き、聞き間違える余地もない。けれどリアナの理解力がとても及ばなかった。

――お父様は全て知っていた……？

グラグラと視界が揺れる。ユーウェインが揺るぎない腕で支えてくれているのに、リアナの視界が歪に撓んだ。

「……私も、過去の懺悔をいたします。赤子だったユーウェイン様をクラレンス公爵邸にお連れしたのは、私です。あのときは、それしかこの方をお救いする方法がなかった。何も地位を持たない代わりに、自由で平和に生きてほしいと先王様が望まれたのです――」

宰相が一歩進み出て、首を垂れる。

明かされた事実に、リアナを含め、何も知らなかった者だけが凍りついていた。

――本当にユーウェインが先王様の……？

この国では珍しい銀の髪が持つ意味の重さが、急に変わった。

プロツィア国の王族には、代々銀髪の者が多い。

目立つから隠した方がいいと父が勧めた本当の理由が、やっと分かった気がする。

「先王様よりユーウェインの保護を任されて以来、私は貴族社会から遠ざけて彼を育てた。

それが私の友人でもあった先王の望みだったからだ。本当なら、これから先もユーウェインの素性を明かすつもりはなかった……だが、そうも言っていられないと宰相から説得されたのだよ」

二十年以上前のことを思い返しているのか、父が目を細めた。

先王はたくさんの子に恵まれながらも、無事に育ったのはごく僅か。そんな中、一人の側妃が産んだ我が子を、何としても生かしたいと考えたのではないか。薄々、正妃であるルクレティアの所業に気づいていたからこそ――

「……ユーウェインは……いつから知って……私が王太子妃になる前から……？」

「いいえ。全てを知ったのはつい最近です。それまでは永遠にリアナ様を守ることのみに徹するつもりでした。――秘密にしていて、申し訳ありません」

真摯（しんし）な謝罪の言葉に、嘘はないのだと伝わってくる。この場で明かされたことは、全て真実なのだ。

――では私のお腹にいる赤ちゃんは、罪の証ではなく紛れもなく王の血を引く子……

涙腺が緩み、涙の膜で世界が滲んだ。

泣きたいわけではないが、溢れる滴が止まらない。無意識にリアナが下腹へ触れると、ユーウェインが優しく身体を摩ってくれた。

「リアナ様は、初めから何一つ罪など犯してはいません」

「あ……」

「馬鹿馬鹿しい！　夫を裏切り、他の男の子どもを孕んだ女が罪を犯していないですって？」

「もとより夫婦関係を築く努力もしていないのに、裏切るも何もない。だが、愛人の子を産み、素知らぬ顔で王座につけた女が言うと、説得力がある」

ユーウェインが放った直球の侮蔑に、ルクレティアが憤怒で顔を真っ赤に染めた。唇をブルブルと震わせ、憎悪の籠った瞳でリアナたちを射貫いてくる。どす黒く変わった顔色が、彼女の怒りと疚しさを表していた。

「この私によくも――お前たち、一族郎党処刑されたくなければ、その男を切り刻みなさい。さぁ！　私の命令に従わない者は、全員死をもって償わせるわ！」

ルクレティアの怒声に慄いた騎士たちが、大慌てで剣を構え直した。理解力が追いつかなくなり、主の命令に何も考えず従うことを選んだらしい。

再び鋭い剣先を突きつけられ、リアナたちを取り囲む輪が一段と狭まった。あと一歩踏み込まれれば、流石のユーウェインも全ての攻撃を避けることは難しい。しかも片腕にはリアナを抱いている。

圧倒的に不利な状況に、リアナができたのは彼に縋りつくことだけだった。

「ユーウェイン……っ」

「愛しています、リアナ様」

まるで永遠の別れの言葉。想いが込められた告白に、胸が一杯になった。

「私も……貴方だけを心から愛している」

これが最期なら、それでもいい。愛しい人の腕の中で終われるなら、幸せだと心底思った。

死んだように生きてきた三年と少しの間よりも、今この瞬間の方がよほど満たされている。今日のために生きてきたと言われても、信じられた。

――お父様……ここまで来てくださったのに、ごめんなさい……愚かな娘は、この国の礎にもなれませんでした……

最期に愛しい人たちを自らの目に焼き付けたい。リアナが双眸を見開いたそのとき、ロードリックの病室から医師の一人が転がり出てきた。

「先王妃様……！　た、大変です、陛下が……っ、たった今身罷られました……！」

「え？」

今まさにリアナとユーウェインに斬りかかろうとしていた騎士たちが動きを止める。リアナから見える全員が呆然と硬直していた。誰よりも最初に我に返ったのはルクレティア。彼女は恐ろしい勢いで病室へ駆け込んだ。

「ロードリック！」

「――お前たち、剣を下ろしなさい。いったい誰に刃を向けているつもりだ。畏れ多くも、このお二人は王妃様と正統なる王位継承者様であらせられる」

　宰相が、残された騎士たちに命じた。皆、誰に従うべきか分からず、迷っている。それでも一人、また一人と剣を下ろし、その場に膝をついた。

　ルクレティアが目の前からいなくなったことで、冷静さを取り戻したらしい。

「ご、ご無礼をお許しください……！」

「リアナ……！」

　父が駆け寄ってきて、リアナを抱きしめてくれた。久しぶりの温もりに、張り詰めていた気が緩む。自分がまだ無傷で生きていることが、とても信じられなかった。

　ひょっとして全ては夢なのではないかと訝る。悪夢の中に囚われて、魘されているのかもしれない。

　呆然としたままリアナが瞬くと、ユーウェインと父がしっかり支えてくれた。

「大事な身体だ。無理をしてはいけない」

「ご安心ください、クラレンス公爵様。私が命に代えてお守りします。――失礼いたします、リアナ様」

「きゃ……っ」

　突然ユーウェインから横抱きにされ、リアナは驚いて彼にしがみついた。緊迫した中、長い時間立っていたので、思いの外疲れていたらしい。抱えられ、足が痛むことに初めて気がついた。

だがそんなことを気にしている場合ではない。ひとまず窮地を脱したものの、何も解決はしていないのだ。ルクレティアが戻ってくれれば、再び危機に瀕する。そうリアナが告げようとしたとき。

「ロードリック!!」

絶叫が病室から響いてきた。中で何が起きているのか、想像に難くない。国王であったリアナの夫が、力尽きたのだろう。

だとすればこの瞬間、玉座に座る権利を持つのはたった一人になった。

リアナはじっとユーウェインを見つめ、息を呑む。未だに、信じられない。それに先ほどまで回復の途上にあるように見えたロードリックが、こうも絶妙なタイミングで逝ってしまうとは。

まるで全てが誰かの掌の上で転がされているよう。

何者かが描いた戯曲に従い、思うまま操られている錯覚に陥った。

「……お前たちが捕らえるべきは、先王を欺き、国政を思うまま弄んだ罪人だ」

膠着した空気の中、宰相が重々しく命じた。騎士たちが立ち上がり、ルクレティアのいる部屋を目指し歩き始める。

その背を見送り、リアナの意識はプツリと途切れた。

目覚めたのは、王妃の寝室だった。

見慣れた天井が目に入り、一瞬夢と現が曖昧になる。迷子になりそうなリアナを繋ぎとめてくれたのは、ベッドの傍らに腰かけ手を握ってくれているユーウェインだった。

「お目覚めになられましたか」

瞼を押し上げたリアナを、彼が今にも泣きそうな表情で覗き込んでくる。ユーウェインのそんな顔を見たことがなかったリアナは、少なからず驚き瞳を瞬いた。

「どうしたの……？」

「リアナ様が突然意識を失われ、三日も目を覚まされなかったので、どれほど心配したことか……っ」

どうやら自分は、まだ生きている。握られた手の温もりと感触が、安堵と共にジワジワと沁み込んできた。

――私……罪人として囚われてもいないの……？　あれからいったい何が……

リアナは怒濤（どとう）の事態に見舞われ、気を失った後、ここへ運び込まれたらしい。

「……お父様は……？」

「宰相様と一緒に、諸々の後始末と収拾を図っています。私はクラレンス公爵様のご厚意で、こうしてリアナ様の傍にいることを許していただきました。ご安心ください、お腹の子もお元気ですよ」

「本当に……？　よかった……」

ならば皆無事だと思って間違いないだろう。心の底から安堵して、リアナは深く息を吐き出した。けれど今、自分たちが拘束もされていないということは。

「――……ルクレティア様は……？」

「西の塔に移されました」

「ああ……」

そこは大罪を犯した王族が幽閉される場所だ。生涯、生きて出られる可能性は低い。だがその事実よりも、おそらく彼女にとっては息子を喪ったことの方がよほど痛手に違いなかった。

溺愛していた我が子を亡くし、今頃呆然自失しているのではないか。リアナは未だ膨らみもない己の腹へ手を伸ばす。

生まれてもいない我が子ですら、これほど愛おしいのだ。同じ母として、ルクレティアには同情する。

けれど分かり合える日は永遠にこないとも思った。彼女が奪った命はあまりにも多い。その人たちも、全員誰かの親であり子であったのだ。きっと遡れば、明るみに出ない件もたくさんあるだろう。闇に屠られた悪事は、おそらくこの先も全てが明らかになる日はこない。

　ルクレティアにとっては、生きながらえることそれ自体が最も重い罰だ。

　自由はなく、誰からも愛されることも顧みられることもなく。ただ、辛うじて生かされるだけの囚人として。

「エレメンス大国はルクレティア様の不義密通を公にしない条件で、彼女の処罰について口を出さない決定を下しました。あちらとしても、既にロードリック様がいない今、蒸し返されたくはない醜聞でしょう」

　王家の暗部は『なかったこと』として処理されると決まったのか。リアナが眠っている間に様々なことが動いたようだ。

　ルクレティアが簡単に身柄を拘束されるとは思えなかったが、揺るぎない証拠を突きつけられ、言い逃れることも権力を使って事実を捻じ曲げることもできなかったに違いない。

　父が持っていると証言した証拠は、それだけの力を有していたのだ。

　同時に、ユーウェインの出生の秘密も、白日の下に晒されたのだと分かった。

　つまり、眼前にいる男性はもうリアナの護衛騎士などではない。プロツィア国で最も貴い方だった。

「……これからは、気軽に貴方の名前を呼ぶこともできないわね……」

様と敬称をつけて呼ぶべきか。それともいずれその座につく『陛下』と呼んだ方がいいのか。

どちらも慣れない。だがこれまでとは別の意味で、二人の距離が隔たれたのだと感じた。

「何故ですか？　今までと変わらず、『ユーウェイン』と呼んでください。貴女に名を口にしてもらえるときにだけ、私は自分の名前を好きになれるのです」

「いいえ。これから貴方は王位につくのだもの。私にそんな話し方をしては駄目よ。むしろ私こそ、口の利き方に気をつけなければならないわね」

リアナが苦く笑うと、彼の顔がくしゃりと歪んだ。そんな表情も珍しい。けれど感情を押し殺した無表情よりもずっとよかった。

――ああ……私、どんなユーウェインであっても愛している……

無欲の献身を注いでくれる彼も。絡みつくほどの執着を見せてくれる彼も。そして手が届かないところへ行ってしまいそうな彼であっても。

澄んだ青い眼差しがまっすぐ注がれる。深い碧にリアナは吸い込まれそうになり、思わず視線を揺らした。

「私が王になるのは、リアナ様のためです。貴女を得たいから、受け入れました。もしもリアナ様がそれを理由に私から去っていくと言うなら、玉座なんていりません」

「どうして……そこまで私を……」

彼は真実、王位に関心がないのだろう。リアナの思い違いでないのなら、初めて肌を重ねた夜も、そうだったのではないかと思う。

玉座が欲しいからリアナを抱いたのではない。純粋にリアナのためだけに、罪を犯そうと決めた。

それがどの時点からかは不明だが、リアナの腹に子を宿させてルクレティアの魔手から救うのではなく、王冠自体を奪い自身が国王になることで、リアナを守ろうと考えたのではないか。

場合によっては、簒奪者として返り討ちに合う可能性もあったのに。それでも行動に移してくれた。

清廉潔白な騎士であるユーウェインにとって、それはどれほど重く苦しい決断だったのか、想像することすらできない。

だが共に罪に塗れることを選んでくれたのだと思えば、リアナはこの上もなく嬉しかった。歓喜を覚えること自体が、自分の狡く穢れた思考にすぎなくても、心が震える事実を否定するのは難しい。

「以前も申し上げたでしょう？　リアナ様が私に生きる意味と居場所をくださった。貴女が私の全て、世界そのものなのです。喪えば、生きていくことはできない」

「ユーウェイン……っ？」

椅子から立ちあがった彼が床に膝をつき、リアナは慌てて上体を起こした。

護衛騎士だったユーウェインならば、特別おかしな行動ではない。しかし今の彼は王家直系の男子。ゆくゆくは玉座に座る人間だ。誰に対しても跪いてはならない存在だった。

「駄目よ、そんなことをしては……っ」

「これからも、リアナ様を守らせてください。ただしこれからは護衛騎士ではなく、リアナ様の伴侶として――……私と結婚してください。貴女を心から愛しています」

永遠に聞くことはないと諦めていた、それでいて一番聞きたかった台詞。

リアナが驚きのあまり固まっていると、ユーウェインが不安げに眉間へ皺を寄せた。

「……お嫌ですか？」

「嫌なはずがない……っ、だけど私は、一度はロードリック様に嫁いだ身だもの……っ、結婚歴のある女が、王の伴侶にはなれないことを、貴方だって知っているでしょう？」

「はい。ですが結婚の実態がなく、婚姻そのものを取り消しにすれば、可能であることも知っています。更に言えば、リアナ様が白い結婚を貫いていたと証明できるのも、私です」

彼の手がリアナの頬を撫でる。濡れた肌を拭われ、自分が泣いていることに初めて気がついた。

「その上、既に王の子を孕んだ女性を、誰が認めないと言うでしょう？　私は、リアナ様

以外の妻を娶るつもりがないのに。これでは、再び王家の血が途絶える危機ですね」

冗談めかした言い方でも、本心だと伝わってきた。

ユーウェインは真摯に想いを告げてくれている。その気持ちに、リアナも応えたいと強く願った。

「……私で、いいの……？」

「リアナ様がいいのです。貴女以外誰もいらない。もしも私たちを引き離そうとする者がいれば――全力で排除します」

優しい口づけが瞼や額に落ちてくる。リアナが目を閉じれば、しっとりと唇同士が合わさった。

「返事をください、リアナ様。どうか『はい』と一言」

「……っ、はい……っ」

溢れる想いに衝き動かされ、リアナは彼の胸に飛び込んだ。逞しい腕に抱きしめられ、全身が包まれる。

溢れんばかりの愛情が、いつまでも涙を止めてくれなかった。

エピローグ

ユーウェインの戴冠式は、盛大に行われた。

ルクレティアのことで立場が悪くなったエレメンス大国は、今のところ過度な干渉を控えている。そうでなくても近年は国力に陰りが見え始めたので、プロッツィア国に関わっている余裕がないのかもしれない。

どちらにしても、このまま一定の距離を保ちたいのが、プロッツィア国の正直な本音だった。

「――陛下、あまり無理をされてはいけませんよ」

ユーウェインの執務室にやってきた愛しい妻――リアナの腕には、目を真ん丸にしながら指をしゃぶる子どもが抱かれている。ふっくらした頬は血色がよく、モチモチの肌は近づくと甘い匂いが漂った。

銀の髪はユーウェイン似。顔立ちと瞳の色はリアナと瓜二つだ。ただし健康で他の子どもと比べ大きな身体は、明らかにユーウェイン譲りだった。

二人が結婚式を挙げたのは約一年前。腹に子がいるリアナの体調を考慮して、出産後に挙式が執り行われた。

ロードリックの妻だったリアナを新たな王妃に迎えるのに、反対意見が全くなかったわけではない。

しかしユーウェインはそれらを完全に退けた。むしろルクレティアの残党を炙り出すために上手く利用したことは、リアナには秘密だ。

何はともあれ二人は正式に夫婦になり、可愛い我が子も無事生まれた。これから先も様々な困難が降りかかるかもしれないけれど――互いがずっと一緒にいられるなら、乗り越えてゆけると確信している。

「無理などしていない。今だって普通に宰相と共に書類へ目を通しているだけだ」

「……早朝、日も昇らないうちから剣の稽古をしていたことを、私が知らないとでもお思いですか？」

「それは――リアナ様……いや、貴女が――」

「私が？　何？」

立場が変わり言葉遣いも変化したものの、今でも時折昔の口調が顔を覗かせてしまう。

ユーウェインはゴホンと咳払いでごまかし、椅子から立ちあがった。

「いや、何でもない。たまには身体を動かさないと鈍ってしまうと思い、鍛錬(たんれん)していた。だが貴女が嫌がるなら、少々控えよう」

本当は、閨で疲れ果てて眠った彼女にもう一度手を出したい衝動を堪えるため、稽古に打ち込んでいたとは言えない。

子どもを産んで、以前より一層美しくなったリアナだが、元気いっぱいの我が子に振り回され、疲れている彼女に無理をさせたくなかった。

「……嫌がってなんておりません。剣を振るう貴方も素敵です――でも私はユーウェイン様に身体を労ってほしいのです」

小声でそんな可愛らしいことを言われては、せっかくの我慢も台無しだ。

ユーウェインは軽く手を上げ、さりげなく人払いした。宰相や従僕、侍女たちが速やかに退室してゆく。クラレンス公爵家から派遣されたリアナ付きの優秀な侍女は、抜かりなく赤子も連れて行った。

残されたのは自分とリアナだけ。二人きりになった途端、抑えていた欲求が急速に高まる。

多忙な毎日を送っているので、夫婦の時間は貴重なものだ。昼間ゆっくり過ごせるのは、とても久しぶりだった。

「せ、先日、お父様が身分に関係なく誰でも学べる学校の開設を急ぐとおっしゃっていました」

「勿論聞いている。私が義父上にお願いしたことだから」

「あ……そうですよね」

甘い空気になったことを、彼女も察したのだろう。羞恥に頬を染め、もごもごと口を動かしている。恥じらっているのだと思えば、愛しさが増した。

リアナはいつまで経っても初々しさをなくさない。もはや一児の母であるのに、未だ無垢な乙女のような部分を残していた。そんなところがまた、ユーウェインの劣情を誘うとも知らず。

「……っん」

腰を抱いて口づければ、綺麗な瞳が甘く潤んだ。そのまま啄むキスを続けていると、彼女の身体から力が抜けてゆく。

軽く手を引けば、素直にソファーへ腰をかけてくれた。

「リアナ様、抱いてもいいですか？」

「そ、そんなことを聞かないでください……っ、口調も……」

「つい。貴女に嫌な思いは、一切させたくなくて」

「あ……」

首筋に舌を這わせれば、上気した肌が甘く香った。どこか我が子と似ている芳香にクラクラする。この世で一番愛しい匂いは、容易にユーウェインの理性を引き剝がした。

リアナのスカートを捲り上げ、滑らかな太腿に掌を滑らせる。しっとりと吸い付く感触に感嘆の息を漏らし、ユーウェインは彼女をその場に押し倒した。

真上から見下ろすリアナは、濡れた双眸を瞬き、控えめにこちらを見返してくれる。貞淑な妻は大胆に振る舞うことは少ない。だが彼女の両眼には、紛れもなく期待と欲情が揺らいでいた。

「私を受け入れてくださいますか？」

微かに顎を引いたリアナが、こちらに向かって手を伸ばしてくる。その指先に口づけ、一本ずつ丁寧にしゃぶった。

「……ん、ぁ……擽ったい……」

彼女の伸びやかな脚から下着を抜き去り、慎ましやかな花弁を晒せば、白い肌全体が上気していた。中でもピッタリ閉じた秘裂が、淫猥な赤に染まる。

引き寄せられるまま陰唇に口づけると、リアナの下腹がヒクリと戦慄いた。

「や……っ」

「ここも相変わらず可愛らしく綺麗ですね」

「そ、そんなところ……っ」

「貴女が最も悦んでくれる場所だ」

二本の指で蜜口を割り開き、奥に隠れた花芯を舌で突く。すると彼女はか細い悲鳴を漏らしながら、淫らに打ち震えた。

「……っ、ぁ、ああ……っ」

硬く芯を持った肉芽が、ユーウェインの舌からプルプルと逃げる。つい虐めたくなり、唇で挟んで口内に吸い上げた。

「ひぁッ……ぁ、あんッ」

ガクガクと痙攣するリアナの身体を強く抱き込み、より快楽を得られるように蜜窟へ指を指し込む。彼女の内側は早くも濡れそぼち、魅惑的に蠢いてユーウェインを誘惑した。

――ああ、早くこの中に入りたい。リアナ様と一つになりたい……

しかし焦ってはいけないと己を戒め、濡れ襞を探る指をゆったりと動かした。くちくちと卑猥な水音を奏で、熱い淫道を優しく摩る。達するには物足りないだろう刺激に、自然と彼女の腰が揺れるのを見て楽しんだ。

真っ赤に熟れた頬に汗を浮かべ、嬌声を堪えようと必死になっている。力が籠った両脚は小刻みに震えていた。

「声を出しても大丈夫なのに。皆、多少の物音なら気にしない」

「それは……っ、気にしないだけで、聞こえているということじゃないですか……っ」

「私たちが仲睦まじいと、全員喜んでくれる」

「んぁっ、ぁ、あ、あああ……」

愛しい女が身悶える姿に煽られて、こちらの興奮も高まる。下腹に血が巡り、窮屈になった下穿きを解放すれば、欲望の証が勢いよく飛び出した。

「……ぁ、ユーウェイン様……」

「また、私の子を産んでほしい」

「はい……私も貴方の子どもなら、何人でもほしいです……――ぁあッ」

泥濘に腰を押し進め、リアナの熱く狭い肉襞を堪能した。入れただけで頭も身体も蕩けそうになる。永遠に繋がって戯れていられたら、どれほど素晴らしいだろう。

馬鹿げた夢想に浸るのは、禁断の果実があまりにも甘美だからだ。一度口にすれば、猛毒に冒されると分かっていても、嚥下せずにはいられない。そうして次なる一口が欲しくなる。

リアナを守る盾と矛にただひたすら徹しようと決めていた男が堕落し、自らの手を汚してもかまわないと考えるほどに。

初めは我欲など捨て去ったと信じていた。敬愛する主に無心で生涯を捧げ、満足感も覚えていた。

宰相から、彼女を救うにはその腹に『王の子』を宿すしかないと囁かれたときですら、自分が罪を重ねて役目を果たせば、万事解決すると考えていたのだ。その後はリアナの邪魔にならないよう、姿を消すことも視野に入れていた。

変わったのは、己にも『資格がある』と気づいてしまったから。リアナの愛を獲得できたと知り、押し殺していたはずの望みと欲が首を擡げた。

ロードリックさえいなければ、王位が手に入るかもしれない。玉座に興味はない。だが合法的に彼女を手に入れ、正式な伴侶になれたなら。生まれてくる子に堂々と父だと名乗り、家族を築き上げたかった。

一度火がついた願望は、貪欲さを増してゆく。

消えることのない焔はやがて、ユーウェイン自身さえも焼き尽くす業火になった。

――これまで息を殺して待っていて、いったい何が手に入った？

大人しく清く正しい道を歩んでも、結局は奪われ続けただけ。ならば、自ら道を逸脱すればいい。己に正直に、求めるまま手を伸ばせ。

リアナを虐げたあの男が死ぬまで、とても待ってはいられない。回復するなど以ての外だ。だとしたら、ユーウェインが選ぶ道はただ一つ。

医師の一人を買収するのは簡単だった。あとは、体内に入れば検出されにくい毒を渡すだけでいい。

少しずつ弱らせ、あの日、満を持してリアナと自分との関係を見せつけてやった。たとえ彼女に興味を抱いていなくても、己の妻を寝取られたとあっては、男の矜持に傷がついたのだろう。

面白いくらい興奮してくれ、勝手に死期を早めてくれた。もっとも、あの日はいつも以上の毒を飲ませるよう指示していたから、誤差の範囲でしかない。

ちょうどいいタイミングで死んだのは、神がユーウェインに与えた唯一の救いと言えなくもなかった。

リアナにとって害虫でしかなかったルクレティアも、一生を西の塔で惨めに終える。あの女に追従していた貴族たちは一掃した。エレメンス大国は放っておいても、以前ほどの影響力を持っていない。

邪魔者は全て排除し、ユーウェインが描いた通りの結末を迎えられた。

かつての自分が今の姿を見たら、どう思うだろう?

堕落したと、嘆くだろうか。それとも軽蔑の眼差しを向けるのか。

――どちらでもかまわない……誇り高く生きると嘯いて、リアナ様をお守りできないなら、何の意味もない。

そんな愚かな男なら、いっそ死んだ方がマシだ。いや、ユーウェインはもしかしたら、過去の自分を自らの手で殺したのかもしれなかった。

愛する人に犠牲を強い、独りよがりな忠誠を捧げていた、無害で無力な男。あのままだったら、おそらくリアナがこうしてユーウェインの腕の中にいることはなかった。

「……ぁあっ……ぁ、ユーウェイン……っ、愛している……ッ」

「私の方がリアナ様を愛しています」

　繋がったまま彼女の身体を抱き上げて、座った自分の脚の上に下ろす。ずずっと肉槍が根元まで蜜窟に呑まれ、得も言われぬ快楽が突き抜けた。

「んァアッ……」

「ああ……リアナ様の中はいつも温かい……もっと私を抱きしめてください……」

　恍惚の表情で告げれば、彼女の媚肉が蠢いたのが分かった。汗を滴らせた涙目のリアナも美しい。清らかな彼女は汚れきったユーウェインでも受け入れてくれる。

　自分は神には祈らない。傅くなら、リアナにだけ。女神に等しい彼女を悦ばせたくて、ユーウェインは下から腰を突き上げた。

「ひッ……ぁあんっ」

　出産後膨らみを増した乳房が淫らに弾む。官能的な光景に、ユーウェインは局部同士を擦り合わせた。

「ふ、ぁ……それ、気持ちいい……っ」

「素直で可愛い」

「ぁ……っ、ぁあッ」

「リアナ様、ずっと一緒にいてくださいね」

目も眩む幸福感はここにある。ならば何を悔やむことがあるだろう。仮に過去に戻ったとしても、ユーウェインは自分が同じ選択をすると断言できた。

世界の全てである愛しい女を揺さぶりながら、罪深い男はうっとりと微笑んだ。

あとがき

初めましての方も、二度目以降の方もこんにちは。山野辺りりです。

今回は、真面目で清く正しく生きてきた人が、とあるきっかけで自ら望んで堕ちていったら、美味しいよね。という私の趣味から妄想しました。

以前が高潔であればあるほど、ギャップがいい。

まぁリアルでそんな人には近づきたくないですが、物語の中だと最高です。

というわけで、ヒロイン、ヒーロー共にもとは清廉潔白であったけれど、本当に守りたい唯一のもののため、堕落してゆくお話です。

罪悪感や背徳感に塗れながら、それでも手を取り、絡まり合って堕ちてゆく二人。

ただしそれを『悪』とするか『解放』や『救い』とするかは、皆様次第かもしれません。

主人公たちの関係は、いくら生涯一度きりの恋であっても、形だけ見ればとても罪深いものですし。

しかしそれはそれとして、前半と後半で髪色が変わるヒーローは、私得です。どちらも素敵……吉崎ヤスミ先生ありがとうございます。

幻想的な表紙に描いてくださった花は白百合。花言葉は『純潔・無垢』などです。ストーリー性があって、表紙案をいただいた際、拝み倒したいほど感激しました。ピッタリ過ぎる……！

　黙々と文章を書いて、テンションが上がるのは、イラストいただいた時ですね。疲れも何もかもぶっ飛びます。そして早く皆様にも見ていただきたいなぁと思うわけです。私も完成を早くこの眼で見たいです。

　この本の完成に携わってくださった全ての方に、心から感謝しています。ありがとうございます。皆様がいなければ、私一人では何もできません。

　読んでくださったあなたにも、五体投地で感謝を捧げます！

　外出の機会がガクンと減ったままの今年も間もなく終わりですが、来年こそは控えていた諸々を解禁できると良いなぁと願っています。

　色々インプットできるように一刻も早くなってほしいですね。

　どうぞ皆様の日常が、安全で穏やかなものになりますように。その日を無事迎えるため、健康にはお気をつけください。私も全力で気を付けます。

　とりあえず令和ちゃんに、そろそろ気温調整を覚えてもらいたいものです。三歳児なら可愛いけれど、もう入社三年目と考えたら、許されないからな……！

この本を読んでのご意見・ご感想をお待ちしております。

◆ あて先 ◆

〒101-0051
東京都千代田区神田神保町2-4-7 久月神田ビル
㈱イースト・プレス　ソーニャ文庫編集部
山野辺りり先生／吉崎ヤスミ先生

奈落の恋

2021年12月4日　第1刷発行

著　　者　山野辺りり
イラスト　吉崎ヤスミ
装　　丁　imagejack.inc
発 行 人　永田和泉
発 行 所　株式会社イースト・プレス
〒101－0051
東京都千代田区神田神保町２－４－７ 久月神田ビル
TEL 03－5213－4700　FAX 03－5213－4701
印 刷 所　中央精版印刷株式会社

ISBN 978-4-7816-9712-3
定価はカバーに表示してあります。